Um homem extraordinário
e outras histórias

Livros do autor na Coleção **L&PM** POCKET:

A dama do cachorrinho e outras histórias
O jardim das cerejeiras seguido de *Tio Vânia*
Um homem extraordinário e outras histórias
Um negócio fracassado e outros contos de humor

Tchékhov

Um homem extraordinário
e outras histórias

Tradução do russo e apresentação de
Tatiana Belinky

www.lpm.com.br

Coleção **L&PM** POCKET, vol. 645

Texto de acordo com a nova ortografia.
Primeira edição na Coleção **L&PM** POCKET: setembro de 2007
Esta reimpressão: dezembro de 2019

Tradução: Tatiana Belinky
Capa: L&PM Editores
Revisão: Eva Mothci, Jó Saldanha, Renato Deitos e Joseane Rücker

---

T251h	Tchékhov, Anton Pavlovitch, 1860-1904.
	    Um homem extraordinário e outras histórias/ Anton Pavlovitch Tchékhov; tradução e apresentação de Tatiana Belinky. – Porto Alegre: L&PM, 2019.
	    176 p. ; 18 cm. – (Coleção L&PM POCKET, v. 645)
	    ISBN 978-85-254-1471-7
	    1.Literatura russa- contos. I.Título.II.Série.
	    CDU 821.161.1-34

Catalogação elaborada por Izabel A. Merlo, CRB 10/329.

© da tradução, L&PM Editores, 2007

Todos os direitos desta edição reservados a L&PM Editores
Rua Comendador Coruja, 314, loja 9 – Floresta – 90.220-180
Porto Alegre – RS – Brasil / Fone: 51.3225.5777
PEDIDOS & DEPTO. COMERCIAL: vendas@lpm.com.br
FALE CONOSCO: info@lpm.com.br
www.lpm.com.br

Impresso no Brasil
Primavera de 2019

Apresentação

Tatiana Belinky

ANTON PAVLOVITCH TCHÉKHOV nasceu em Taganrog, sobre o Mar de Azov, em 17 de janeiro de 1860, o terceiro dos seis filhos de um pequeno comerciante, o merceeiro Pável Iegórovitch Tchékhov, cujo pai fora servo de gleba.

Teve uma infância difícil. Desde menino, o pai, bem-intencionado mas autoritário, obrigava-o a trabalhar com ele na venda, e quando, arruinado, o pai foi obrigado a se mudar para Moscou com a família, o adolescente Anton ficou sozinho em Taganrog para terminar o ginásio, sustentando-se com aulas particulares. Em 1879, terminado o ginásio, o jovem Tchékhov transferiu-se por sua vez para Moscou, onde a família vivia na maior pobreza, tendo chegado em certa época a dormir no chão.

Tchékhov matriculou-se na Faculdade de Medicina da Universidade de Moscou, sustentando-se e ajudando a manter a família como colaborador em várias publicações periódicas, para as quais escrevia, em rápida sucessão, historietas, crônicas, "cenas" e *humoresques* que tinham de ser, por encomenda dos editores, breves, leves, "fáceis de ler" e descompromissados.

Isto se deu na época da grande repressão política que se seguiu ao assassinato, em 1881, do czar Alexandre II por terroristas "populistas", com o recrudescimento da censura, dos pogroms, das perseguições, das deportações e das violências policiais. Esse momento, um dos mais tristes da história russa, foi paradoxalmente aquele em que a produção literária do jovem escritor foi mais "alegre", quando ele produziu a maior parte das suas histórias cômicas, curtas e "digestivas" – embora de excelente qualidade literária. Em muitas delas, entretanto, transpareciam, disfarçadas pelo humor, a sátira e a crítica aos *mores* do seu tempo, dentro do possível diante das exigências dos donos das revistinhas que floresceram após o fechamento forçado das publicações sérias de orientação liberal e em face das restrições e intervenções de uma censura draconiana. Para quem tinha "olhos de ver", a comicidade daquelas historietas não era simples pretexto vazio de sentido para fazer rir: seus personagens e situações cômicas retratavam com agudo realismo crítico a hipocrisia, a corrupção, a esterilidade, a lisonja, a sabujice, a prepotência – todos os vícios de uma sociedade decrépita e apodrecida, à beira da implosão.

Essa enxurrada de historinhas divertidas trouxe uma rápida popularidade a "Antocha Tchekhonte", pseudônimo preferido entre os vários do autor – e durou até pouco depois de sua formatura em medicina, profissão que ele chegou a exercer durante alguns anos como médico responsável de uma clínica rural, na província. Ali, o escritor conheceu de perto a vida da aldeia russa com seus mujiques e latifundiários, mestre-escolas e funcionários, mulheres pobres e damas ociosas e também a exuberante natureza pátria que ele descreveria com pinceladas magistrais em muitas de suas obras.

Mas logo a pujante vocação literária do jovem médico manifestou-se com força irresistível e Tchékhov "traiu" (nas suas próprias palavras) a medicina, para se entregar de corpo e alma às lides literárias. Entre 1885 e 1887, o escritor começou a deixar de lado o "trabalho apressado" e "miúdo" para dedicar seu enorme talento a uma "obra pensada", de temática "séria", da qual não mais se afastou e que iria revelar um dos maiores e mais importantes contistas e dramaturgos da era moderna, que acabaria influenciando o desenvolvimento da literatura e da dramaturgia de todo o mundo ocidental.

Observador arguto da vida e de tudo o que é humano, Tchékhov foi um homem de muitas vivências. A infância penosa em Taganrog, a adolescência difícil, as duras necessidades e a realidade urbana em Moscou e a doença – ele teve tuberculose desde a juventude – o período como médico rural e a experiência adquirida em diversas viagens, tanto pela Europa quanto pela própria Rússia, tal qual a que ele empreendeu em 1890 para a ilha Sakhalina – uma longa jornada através do país – e o que ele presenciou e sentiu naquele "lugar de indescritíveis sofrimentos, como só um ser humano livre ou cativo pode suportar", em que observou e pesquisou a vida dos condenados ao degredo e aos trabalhos forçados; tudo isso causou profunda impressão na consciência do escritor e imprimiu a marca da verdade nas suas obras mais importantes.

A verdade – que ele sempre cultuou e perseguiu ("a meta da ficção", escreveu Tchékhov numa de suas cartas) – "é a verdade absoluta e honesta". E nisso ele foi insuperável, como mestre da história concisa, da *short story* em sua expressão mais perfeita e acabada e também do conto mais longo, a chamada novela. Suas histórias "ficcionais" respiram realidade; seus personagens palpitam vida, revelando-se ao leitor em cada fala, em cada gesto, em cada situação aparentemente banal, mostrada sem um só efeito supérfluo, exposta com uma economia de palavras diretamente proporcional à riqueza e à profundidade do seu conteúdo humano – emocional, psicológico, social.

Em sua grande identificação e empatia com tudo o que é humano, em sua compreensão e compaixão, tanto pelos desvalidos e injustiçados, os humilhados e ofendidos da vida, os mujiques, as crianças, os condenados, os doentes, quanto pelos infelizes de todas as outras classes e categorias sociais – estudantes, intelectuais, artistas, profissionais liberais e até os animais –, Tchékhov, no entanto, jamais se permitiu qualquer tipo de pieguice, de sentimentalismos, de "derramamentos" de qualquer espécie. "Quanto mais objetivo, tanto mais forte", "A concisão é irmã do talento", "Sei escrever curto sobre coisas longas", "Ver a vida e o homem tais como são", "Escrever com mais frieza" são alguns de seus pronunciamentos sobre o ofício do escritor. Tchékhov opõe-se ao *patos* romântico, ao exagero adjetivado. Prefere confiar no leitor, em sua capacidade de reagir e de captar um sentido complexo, sem paternalismos e sugestões do autor. Recusa também a ação forçada, a intriga, o "interesse" imediato, exterior. Um traço marcante desse grande artista da palavra é a apreensão do trágico não como algo terrível e excepcional, mas como ordinário e cotidiano, o que destrói a personagem sub-reptícia e imperceptivelmente – daí a banalização da tragédia.

Algumas das melhores obras de Tchékhov, tanto na literatura como no teatro, estão impregnadas desse sentido de tragédia silenciosa, numa atmosfera de tristeza difusa, às vezes revestida de ironia e até mesmo humor, até quando transmite uma sensação sufocante de falta de perspectiva, de "beco sem saída", de fim de uma era.

Atento a tudo o que acontecia no interior do ser humano e na própria sociedade, Tchékhov não era, entretanto, um homem politicamente engajado: "Não sou liberal, nem conservador, nem evolucionista, nem religioso, nem indiferente", diria ele numa de suas cartas. Era "apolítico", sim, mas em termos, já que em diversas ocasiões teve atitudes que só podem ser vistas como políticas. Por exemplo, ele tomou o partido do capitão

Dreyfuss, no famoso caso que abalou a França e o mundo, contra a posição da importante revista *Novi Mir*, chegando a romper com seu diretor. Foi simpatizante dos movimentos estudantis liberalizantes de seu tempo. E recusou a cobiçada indicação para membro honorário da Academia de Ciências de Moscou, ao tomar conhecimento de que a mesma honraria fora proibida pelo czar de ser conferida ao seu amigo Máximo Gorki. Mas Tchékhov nunca se aliou a qualquer movimento político declarado, a qualquer ideologia: era um artista livre e independente demais para isso...

Tchékhov deixou obra extensa: centenas de contos, várias novelas, muitas cartas, uma imensa coleção de autênticas joias literárias. E a sua obra como dramaturgo não é menos importante: muitas peças curtas, de um ato, a maioria cômicas e satíricas, e cinco obras-primas da dramaturgia ocidental: *Ivanov, A gaivota, Tio Vónia, As três irmãs* e *O jardim das cerejeiras*, verdadeiros "clássicos" constantemente representados no mundo inteiro.

Em 1898, quando sua saúde piorou, Tchékhov foi viver na Crimeia, numa casa que adquiriu em Ialta, com a mulher, a jovem atriz Olga Knipper, onde continuou a trabalhar e onde se encontrava com Tolstói, Gorki, Bunin, Kuprin e outros grandes escritores seus contemporâneos. Mas a tuberculose recrudesceu, e em julho de 1904 ele foi se tratar em Badenweiler, na Alemanha, onde veio a falecer em 15 de julho desse ano, aos 44, em plena floração do talento e da criatividade.

Tchékhov foi sepultado em Moscou. Na atualidade, existem museus tchekhovianos em Taganrog, Moscou, Melikhov, Sumakh, Ialta e Sakhalina.

Sumário

Desgraça alheia / 13
O sapateiro e a força maligna / 21
Um dia no campo – Ceninha / 30
Em casa / 38
Pavores / 50
Champanha – Relato de um velhaco / 58
Velhice / 66
O homem no estojo / 73
Um homem extraordinário / 90
No asilo para velhos e doentes incuráveis / 96
História desagradável / 101
O relato do jardineiro-chefe / 110
Trapaceiros à força – Historinha de Ano-Novo / 117
Amor de peixe / 122
Uma filha de Albion / 126
Testa-branca / 131
Criançada / 139
Cachtánca / 146

Desgraça alheia

NÃO ERAM MAIS de seis horas da manhã, quando o recém-formado bacharel de Direito Kovaliov subiu com a sua jovem esposa na charrete e rodou pela estrada rural. Ele e a mulher nunca antes haviam se levantado cedo, e agora a magnificência da tranquila manhã estival parecia-lhes algo de encantado. A terra, vestida de verde, aspergida de orvalho diamantino, parecia bela e feliz. Os raios de sol pousavam em manchas brilhantes sobre o bosque, tremiam no rio faiscante, e no extraordinariamente translúcido ar azul-claro havia um enorme frescor, como se todo o mundo de Deus acabasse de se banhar, ficando mais jovem e mais saudável.

Para os Kovaliov, como mais tarde eles mesmos confessaram, aquela manhã foi a mais feliz da sua lua-de-mel e, portanto, da vida. Eles tagarelavam sem parar, cantavam, riam à toa, e faziam tanta palhaçada que, por fim, ficaram até com vergonha do cocheiro. Não só no presente, mas até no futuro, a felicidade sorria para eles: eles iam comprar uma propriedade, um "pequeno recanto poético", com o qual sonhavam desde o primeiro dia do seu casamento. A distância oferecia a ambos as mais brilhantes esperanças. Ele sonhava com um posto no Zêmstvo*, com uma economia racional, o labor das suas mãos e outras coisas boas, sobre as quais tanto lera e ouvira; enquanto a ela seduzia o lado puramente romântico das coisas: alamedas sombreadas, pescarias, noites perfumadas...

---

* Zêmstvo – Conselho provincial eletivo na Rússia czarista. (N.T.)

Rindo e conversando, eles nem perceberam como atravessaram dezoito verstás*. A propriedade do conselheiro Mikháilov, que eles iam examinar, localizava-se na margem alta e íngreme de um riacho, escondida atrás de um bosquezinho de bétulas... O telhado vermelho mal se via por detrás do verde espesso, e toda a margem barrenta estava plantada com arvorezinhas novas.

– A vista não é má! – disse Kovaliov, quando a charrete passava a vau para a outra margem. – A casa está sobre um morro, e ao sopé do morro, um rio! É bonito pra diabo! Só que sabes, Viêrotchka, a escada não presta... Estraga a vista toda, de tão rústica... Se comprarmos esta propriedade, instalaremos sem falta uma escada de ferro fundido...

Viêrotchka também gostou da vista. Rindo alto e requebrando-se com todo o corpo, ela subiu a escada correndo, o marido ao encalço, e ambos, descabelados, arquejantes, entraram no bosque. O primeiro que lhes veio ao encontro perto da casa senhorial foi um mujique** sonolento, hirsuto e taciturno. Estava sentado junto ao degrau da entrada, engraxando uma botinha de criança.

– O senhor Mikháilov está em casa? – dirigiu-se Kovaliov ao homem. – Vai e diz a ele que chegaram compradores para inspecionar a propriedade.

O mujique olhou para os Kovaliov com espanto obtuso e arrastou-se lentamente, não para dentro da casa, mas para a cozinha, que ficava ao lado da casa. Imediatamente surgiram fisionomias nas janelas da cozinha, cada qual mais sonolenta e espantada que a outra.

– Chegaram compradores! – ouviu-se um sussurro. – Seja feita a vontade de Deus, estão vendendo Mikhálkovo! Olhem só, como são jovenzinhos!

---

* Verstá – Medida russa antiga: 1,06km. (N.T.)
** Mujique – Camponês. (N.T.)

Um cachorro começou a latir e ouviu-se um uivo raivoso, parecido com o som que emitem os gatos quando se lhes pisa no rabo. A inquietação do pessoal logo se transmitiu às galinhas, aos gansos e às peruas, que passeavam pacificamente pelas alamedas. Logo surgiu da cozinha um sujeito com fisionomia de lacaio; ele apertou os olhos para os Kovaliov e, enfiando o casaco a caminho, correu para dentro da casa. Toda essa agitação parecia cômica aos Kovaliov, e eles mal conseguiam conter o riso.

– Que caras curiosas! – dizia Kovaliov, entreolhando-se com a mulher. – Eles nos examinam como se fôssemos selvagens.

Finalmente, saiu da casa um homenzinho miúdo, com um rosto escanhoado de velho e cabelos arrepiados... Cumprimentou, arrastando as sapatilhas rotas, bordadas a ouro, deu um sorriso azedo e fitou seu olhar imóvel nos visitantes não convidados...

– Senhor Mikháilov? – começou Kovaliov, soerguendo o chapéu. – Tenho a honra de cumprimentá-lo... Minha mulher e eu lemos o anúncio do Banco Rural sobre a venda da sua propriedade e viemos agora para conhecê-la. Talvez a compremos... Tenha a bondade de mostrá-la para nós.

Mikháilov deu outro sorriso azedo, ficou embaraçado e começou a piscar os olhos. Na sua confusão, arrepiou ainda mais o penteado, e no seu rosto escanhoado surgiu uma expressão tão atrapalhada e envergonhada, que Kovaliov e a sua Viêrotchka entreolharam-se e não puderam evitar um sorriso.

– Muito prazer – balbuciou ele. – Às suas ordens... Os senhores vieram de longe?

– De Konkov... Lá nós moramos numa datcha.*

---

* Datcha – Casa de campo. (N.T.)

– Numa casa de campo... Veja só... Que coisa estranha! Sejam bem-vindos, entrem por favor! Mas nós acabamos de nos levantar e, desculpem, não estamos em ordem de todo.

Mikháilov, sorrindo azedo e esfregando as mãos, conduziu os visitantes para o outro lado da casa. Kovaliov pôs os óculos e, com o jeito de um turista-conhecedor que examina coisas notáveis, começou a inspecionar a propriedade. Primeiro ele viu uma grande casa de pedra, de arquitetura antiga e pesada, com escudos de armas, leões e estuque descascado. O telhado havia muito que não era pintado, as vidraças tinham reflexos de arco-íris, entre as fendas dos degraus crescia grama. Tudo era envelhecido, descurado, mas de modo geral a casa agradou. Tinha um aspecto poético, modesto e acolhedor, como uma velha tia solteirona. Diante dela, a poucos passos da entrada principal, brilhava uma lagoa, na qual nadavam dois patos e flutuava um barco de brinquedo. Em volta da lagoa cresciam bétulas, todas da mesma altura e da mesma grossura.

– Ah, e há também uma lagoa! – disse Kovaliov, apertando os olhos contra o sol. – Isto é bonito. Existem carácios aí dentro?

– Sim... Antes havia carpas também, mas depois, quando deixaram de drenar a lagoa, as carpas morreram todas.

– Fizeram mal – disse Kovaliov em tom de mentor. – Uma lagoa tem de ser limpa o mais frequentemente possível, tanto mais que a lama e a vegetação aquática servem de excelente adubo para os campos. Sabes duma coisa, Viera? Quando comprarmos esta propriedade, vamos construir na lagoa um caramanchão sobre estacas e uma pontezinha levando até ele. Eu vi um caramanchão desses na propriedade do conde Afrontov.

– Tomar chá sob um caramanchão... – suspirou Viêrotchka docemente.

– Pois é... E ali, que torre é aquela com agulha?

– É a ala dos hóspedes – respondeu Mikháilov.

– É meio sem jeito, espetada assim. Vamos derrubá-la. Em geral, será preciso derrubar muita coisa por aqui. Muita mesmo!

Súbito ouviu-se, claro e distinto, um choro de mulher. Os Kovaliov olharam para trás, para a casa, mas no mesmo momento uma das janelas fechou-se com força, e por trás das vidraças irisadas brilharam por um instante dois grandes olhos chorosos. Quem chorava, ao que parece, envergonhou-se do seu pranto e, batendo a janela, escondeu-se atrás da cortina.

– Não desejam ver o jardim e as construções? – começou a falar Mikháilov, depressa, contraindo o seu rosto, já por si enrugado, num sorriso azedo. – Vamos... O principal de fato não é a casa, mas... mas o resto...

Os Kovaliov foram examinar as cavalariças e os galpões. O bacharel entrou em cada um dos armazéns, inspecionava, cheirava e se pavoneava com seus conhecimentos de agronomia. Perguntou quantas "diessiatinas"* tinha a propriedade, quantas cabeças de gado, censurou a Rússia pela derrubada das florestas, reprovou Mikháilov por deixar perder-se muito estrume etc. Ele falava e a toda hora lançava olhares para a sua Viêrotchka, enquanto esta não tirava os olhos amorosos dele o tempo todo e pensava: "Como ele é inteligente!".

Durante a inspeção dos currais, novamente ouviu-se o choro.

– Ouça, quem é que está chorando ali? – perguntou Viêrotchka.

---

* Diessiatina – Medida agrária russa antiga: 1,09ha. (N.T.)

Mikháilov fez um gesto desanimado e virou-se para o lado.

– É estranho – balbuciou Viêrotchka, quando os soluços se transformaram num pranto histérico interminável. – É como se estivessem espancando alguém, ou esfaqueando.

– É a minha mulher, coitada... – articulou Mikháilov.

– E por que ela chora assim?

– É uma mulher fraca! Não pode ver venderem o seu próprio ninho.

– Então por que o vende? – perguntou Viêrotchka.

– Não somos nós que vendemos, senhora, é o banco...

– Que estranho, por que então o permitem?

Mikháilov lançou um olhar admirado de soslaio para Viêrotchka e encolheu os ombros.

– É preciso pagar os juros – disse ele. – Dois mil e cem rublos por ano! E onde arranjá-los? Dá para chorar, mesmo contra a vontade. As mulheres, já se sabe, são gente fraca. Ela tem pena do seu próprio ninho, e das crianças, e de mim... E tem vergonha diante dos criados... O senhor houve por bem, ainda há pouco, lá na lagoa, dizer que é preciso derrubar isto, construir aquilo, mas para ela isto é como uma punhalada no coração.

Passando pela casa na volta, a Kovaliova viu nas janelas um ginasiano de cabeça raspada e duas meninas – os filhos de Mikháilov. O que pensavam as crianças, olhando para os compradores? Viêrotchka decerto compreendia seus pensamentos... Quando ela subia para a charrete para a viagem de volta para casa, para ela já haviam perdido qualquer encanto, tanto a manhã refrescante como os sonhos sobre o recanto poético.

– Como tudo isso é desagradável! – disse ela ao marido. – Na verdade, seria o caso de dar-lhes dois mil e cem rublos! Que fiquem morando na sua propriedade!

— Como és esperta! – riu-se Kovaliov. – Claro que eles dão pena, mas a culpa é deles mesmos. Quem os mandou hipotecar a propriedade? Por que a deixaram tão descurada? De fato, nem se deve ter dó deles. Se explorassem esta propriedade inteligentemente, introduzissem uma economia racional... tratassem da pecuária etc., poderiam viver aqui perfeitamente... Mas eles, os relapsos, não fizeram coisa alguma... Ele decerto é um beberrão e um jogador de carteado – viste o focinho dele? – e ela é uma janota gastadeira. Bem conheço esses gansos!

— E de onde os conheces, Stiópa?

— Conheço! Ele se queixa de que não tem como pagar os juros. E como é que é possível, eu não entendo, não encontrar dois mil rublos? Se introduzisse uma economia racional... adubasse a terra e se ocupasse da pecuária... e, em geral, quando a pessoa se ajusta às condições climáticas e econômicas, dá para viver com uma só diessiatina!

Stiópa tagarelou até chegar em casa, e a mulher o escutava e acreditava em cada uma das suas palavras, mas o seu estado de espírito anterior não voltou. O sorriso azedo de Mikháilov e os dois olhos chorosos vistos de relance não lhe saíam da cabeça.

Quando mais tarde o felizardo Stiópa viajou por duas vezes para o leilão e comprou Mikhálkovo com o dote dela, ela sentiu uma tristeza insuportável... Sua imaginação não parava de desenhar como Mikháilov sobe no carro com a família e, chorando, deixa o ninho há tanto aquecido. E quanto mais sombria e sentimental se manifestava a sua imaginação, tanto mais se pavoneava Stiópa. Ele perorava com a mais encarniçada autoridade sobre a economia racional, mandava vir um mundo de livros e revistas, zombava de Mikháilov e, por fim, os seus devaneios agropecuários se transformaram na mais atrevida, mais desavergonhada gabolice.

— Tu ainda verás! — dizia ele. — Eu não sou um Mikháilov, eu mostrarei como é que se fazem as coisas! Sim!

Quando os Kovaliov se mudaram para o esvaziado Mikhálkovo, a primeira coisa que entrou pelos olhos de Viêrotchka foram os sinais deixados pelos antigos moradores: um plano de aulas, escrito por mão de criança, uma boneca sem cabeça, um melharuco que veio voando, esperando alimento, uma inscrição na parede: "Natasha é boba" etc.

Era preciso pintar, colar e quebrar muita coisa a fim de esquecer a desgraça alheia.

O SAPATEIRO E A FORÇA MALIGNA

Era véspera de Natal. Mária havia muito tempo que roncava sobre a estufa; na lamparina, o querosene já queimara todo, mas Fiódor Nílov ainda continuava trabalhando. Por ele, há muito tempo que já teria largado o trabalho e saído para a rua, mas o freguês da travessa Kolokólni, que lhe encomendara biqueiras duas semanas atrás, viera ontem, reclamara e ordenara que terminasse as botas sem falta agora, antes das matinas.

– Galé da vida! – resmungava Fiódor, trabalhando. – Uns há muito que já dormem, outros passeiam, mas tu, como um Caim qualquer, tens de ficar sentado, costurando para sabe o diabo quem...

Para não adormecer por distração, sem querer, ele tirava a toda hora uma garrafa de sob a mesa e bebia do gargalo e, após cada gole, abanava a cabeça e dizia em voz alta:

– Por que cargas d'água, digam-me por gentileza, os fregueses passeiam e eu sou obrigado a costurar para eles? Só porque eles têm dinheiro e eu sou miserável?

Ele odiava todos os clientes, especialmente aquele que morava na travessa Kolokólni. Era um senhor de aspecto taciturno, de cabelos longos, rosto amarelo, de grandes óculos azuis e voz roufenha. Tinha um sobrenome alemão, daqueles impronunciáveis. Qual era a sua posição e o que fazia não era possível compreender. Quando, há duas semanas, o sapateiro fora lhe tirar as medidas, ele, o cliente, estava sentado no chão, socando alguma coisa num pilão. Nem bem Fiódor teve tempo de cumprimentá-lo, quando o conteúdo do pilão incendiou-se de repente, ardeu em chamas brilhantes e rubras, emitiu um fedor de enxofre e penas queimadas, e o aposento encheu-se de espessa fumaça rosada, fazendo Fiódor espirrar umas cinco vezes, de modo que, ao voltar para casa depois disso, ele pensava: "Quem teme a Deus não vai ocupar-se desse tipo de coisas".

Quando já não sobrava mais nada dentro da garrafa, Fiódor colocou as botas sobre a mesa e mergulhou em pensamentos. Apoiou a pesada cabeça sobre o punho e começou a pensar na sua pobreza, na vida penosa e sem esperanças, depois nos ricaços, nas suas grandes casas, carruagens, as notas de cem... Que bom seria se as casas desses ricaços, que o diabo os carregue, rachassem, se seus cavalos rebentassem, se desbotassem as suas peliças e gorros de zibelina! Que bom seria se os ricaços pouco a pouco se transformassem em mendigos que não têm o que comer, e o pobre sapateiro virasse um ricaço e ele mesmo se pavoneasse diante dos pobres sapateiros na véspera de Natal.

No meio desses sonhos, Fiódor de repente lembrou-se do seu trabalho e abriu os olhos.

"Mas que história!", pensou ele, examinando as botas. "As biqueiras há muito que já estão prontas, e eu sentado aqui! Tenho de levá-las ao freguês!"

Ele enrolou o seu trabalho num lenço vermelho, vestiu-se e saiu para a rua. Caía uma neve miúda e áspera que picava o rosto como alfinete. Estava frio e escuro, o chão escorregadio, os lampiões de gás ardiam foscos, e por algum motivo havia na rua um cheiro tão forte de querosene, que Fiódor começou a pigarrear e a tossir. Pelo calçamento, para frente e para trás, rodavam os ricaços, e cada ricaço tinha nas mãos um presunto e um quarto de vodca. Das carruagens e dos trenós, ricas senhoritas olhavam para Fiódor, mostravam-lhe a língua e gritavam, rindo:

– Mendigo! Mendigo!

Atrás de Fiódor caminhavam estudantes, oficiais, comerciantes e generais, e zombavam dele:

– Bêbado! Bêbado! Sapateiro-cachaceiro, alma de botina! Mendigo!

Tudo isso o magoava, mas Fiódor, calado, só cuspia no chão. Porém, quando ele se encontrou com o mestre-sapateiro Kuzmá Liébedkin, de Varsóvia, e este lhe disse: "Eu me casei com uma ricaça, tenho aprendizes trabalhando para mim, mas tu és um mendigo, nem tens o que comer", Fiódor não aguentou e correu-lhe ao encalço. Perseguiu-o até ir parar na travessa Kolokólni. O seu cliente morava na quarta casa depois da esquina, no apartamento do andar mais alto. Para chegar lá era preciso atravessar um longo e escuro pátio interno e depois subir uma escada muito alta e escorregadia, que balançava debaixo dos pés. Quando Fiódor entrou, o freguês, como daquela vez há duas semanas, estava sentado no chão, socando alguma coisa no pilão.

– Vossa Excelência, eu trouxe as botinhas! – disse Fiódor, taciturno.

O cliente levantou-se e pôs-se a experimentar as botas em silêncio. Querendo ajudá-lo, Fiódor ajoelhou-se e começou a puxar a sua bota velha, mas incontinenti pôs-se de pé num pulo e recuou para a porta. O cliente, em vez de um pé, tinha um casco de cavalo.

"Epa!", pensou Fiódor. "Então é esta a história!"

A primeira coisa a fazer seria persignar-se, depois largar tudo e correr para baixo; mas ele compreendeu imediatamente que se encontrava com a força maligna pela primeira e, decerto, pela última vez na vida, e não aproveitar-se de seus serviços seria tolo. Fez das tripas coração e decidiu tentar a sorte. Com as mãos atrás das costas, para não se persignar, ele pigarreou respeitosamente e começou:

– Dizem que não há nada mais imundo e ruim do que a força maligna, mas eu cá entendo, Vossa Excelência, que a força maligna é a mais educada e instruída. O Diabo, com o perdão da palavra, tem cascos e um rabo atrás, mas em compensação tem na cabeça mais inteligência que qualquer estudante universitário.

– Agradam-me tuas palavras – disse o cliente lisonjeado. – Obrigado, sapateiro! E o que é que tu desejas?

E o sapateiro, sem perda de tempo, pôs-se a se queixar do seu destino. Começou contando que desde criança invejava os ricos. Sempre o magoara que nem todas as pessoas vivessem por igual em casas grandes e se locomovessem em belos cavalos. Por que, perguntava-se, ele era pobre? Em que ele era pior que o Kuzmá Liébedkin de Varsóvia, que tem casa própria e uma esposa que anda de chapéu? Ele tinha um nariz igual, mãos e pés, cabeça e costas iguais às dos ricaços, então por que ele é obrigado a trabalhar enquanto os outros passeiam? Por que ele é casado com a Mária e não com uma madama que cheira a perfume? Nas casas dos fregueses ricos, muitas vezes ele vira lindas senhoritas, mas elas nunca lhe davam a menor atenção, apenas riam e cochichavam entre si: "Que nariz mais vermelho tem esse sapateiro!". É verdade que a Mária é uma boa mulher, direita e trabalhadeira, mas não tem instrução, tem a mão pesada e bate doído, e quando acontece de alguém falar diante dela de política ou alguma coisa inteligente, ela se intromete e solta as maiores asneiras.

– Mas então o que desejas? – interrompeu-o o cliente.

– Pois eu peço, Vossa Excelência, Diabo Ivánovitch, se vos apraz, fazei de mim um homem rico!

– Pois não. Só que em troca disso tu tens que me entregar a tua alma! Enquanto os galos não cantam, assina-me aqui este papel, dizendo que me entregas a tua alma.

– Vossa Excelência! – disse Fiódor cortesmente. – Quando me encomendastes as botas, eu não vos pedi pagamento adiantado. É preciso executar o pedido antes, e só depois cobrar o dinheiro.

– Pois seja! – concordou o cliente.

Do pilão saltou de repente uma chama brilhante, rolou uma espessa fumaça rosada e subiu um mau cheiro de enxofre e penas queimadas. Quando a fumaça dissipou-se, Fiódor esfregou os olhos e viu que já não era nem Fiódor nem sapateiro, mas um certo outro homem, de colete e corrente, de calças novas, e que estava sentado numa poltrona diante de uma grande mesa. Dois lacaios serviam-lhe iguarias, curvavam-se profundamente e diziam:

– Comei em boa saúde, Vossa Excelência!

Que riqueza! Os lacaios serviram um grande pedaço de assado de carneiro e uma tigela de pepinos, depois trouxeram um ganso assado sobre uma frigideira e, pouco depois, carne de porco cozida com raiz amarga. E como tudo isso era nobre, político! Fiódor comia e, antes de cada prato, bebia um grande copo de excelente vodca, como se fosse algum general ou conde. Depois da carne de porco serviram-lhe *cácha** de trigo com banha de ganso, depois omelete com toicinho e fígado frito, e ele só comia e maravilhava-se. Mas o que mais? Serviram-lhe ainda um pastel de cebola e nabo fervido com *kvas*** fermentado. "Mas como é que aqueles senhores não estouram de tanta comida!", pensava ele. Para terminar, serviram-lhe um

---

* *Cácha* – Nome genérico dado a cozidos de grãos. (N.T.)
** *Kvas* – Bebida típica russa, fermentada. (N.T.)

grande pote de mel. Depois do almoço, apareceu o Diabo de óculos azuis e perguntou, com uma funda mesura:

— Estás satisfeito com o almoço, Fiódor Pantelêitch?

Mas Fiódor não conseguia articular uma só palavra, tão empachado estava após o almoço. A sensação de fartura era desagradável, pesada, e, para distrair-se, ele começou a examinar a bota na sua perna esquerda.

— Por um par de botas dessas eu não cobrava menos que sete rublos e meio. Quem foi o sapateiro que as fez? – perguntou ele.

— Kuzmá Liébedkin – respondeu o lacaio.

— Chame aquele bobão!

Logo apareceu Kuzmá Liébedkin de Varsóvia. Ele parou na porta em atitude respeitosa e perguntou:

— O que ordena, Vossa Excelência?

— Cala-te! – gritou Fiódor, batendo o pé. – Não te atrevas a discutir e lembra a tua posição de sapateiro, que espécie de homem tu és! Imbecil! Não sabes fazer botas! Vou quebrar-te a cara toda! Para que foi que vieste?

— Receber o meu dinheiro, senhor.

— Que dinheiro é esse? Rua contigo! Volta no sábado! Já para fora com ele!

Mas de repente ele lembrou-se de como os clientes abusavam dele mesmo e sentiu um peso na alma e, para distrair-se, tirou do bolso uma gorda carteira e pôs-se a contar o seu dinheiro. O dinheiro era muito, mas Fiódor queria ainda mais. O demônio de óculos azuis trouxe-lhe outra carteira, mais grossa, mas ele queria mais, e quanto mais ele contava, mais insatisfeito ficava.

Ao entardecer, o Imundo trouxe-lhe uma dama alta e peituda de vestido vermelho e disse que essa era a sua nova esposa. Até ao anoitecer ele só ficou beijando-se com ela e comendo pães de mel. Mas à noite, deitado sobre fofo colchão de penas, ele rolava de um lado para outro e não conseguia adormecer. O medo atormentava-o.

– É muito dinheiro – dizia ele à mulher. – E se entrarem ladrões para roubar-nos? Vai, dá uma espiada com a vela!

Ele passou a noite em claro e levantava-se a toda hora, para espiar se o cofre estava inteiro. De madrugada, era preciso ir à igreja para as matinas. Na igreja, o trato é igual para todos, ricos e pobres. Quando Fiódor era pobre, rezava na igreja assim: "Senhor, perdoa este pecador!". A mesma coisa ele dizia também agora, estando rico. Então, qual é a diferença? E depois da morte, o rico Fiódor será sepultado não em ouro nem em diamantes, mas na mesma terra negra que qualquer pobretão. E Fiódor arderá no mesmo fogo dos sapateiros. Tudo isso parecia-lhe muito deprimente, e ainda por cima ele sentia o corpo todo pesado por causa do almoço, e em vez das preces, enchiam-lhe a cabeça toda sorte de pensamentos sobre o cofre de dinheiro, os ladrões, sobre sua pobre alma vendida e perdida.

Fiódor saiu da igreja, zangado. Para espantar os maus pensamentos, ele, como fazia dantes frequentemente, entoou uma canção a plenos pulmões. Mas nem bem começou, quando foi abordado por um guarda, que veio correndo, bateu continência e disse:

– Meu senhor, os cavalheiros não podem cantar no meio da rua! O senhor não é um sapateiro!

Fiódor encostou-se numa cerca e pôs-se a pensar: "Como vou distrair-me?".

– Meu senhor! – gritou-lhe o caseiro. – Não se apoie muito nessa cerca, vai sujar sua peliça!

Fiódor entrou na venda e comprou a melhor harmônica que havia e saiu pela rua a tocá-la. Todos os transeuntes apontavam-no com os dedos e riam.

– E ainda acha-se um cavalheiro! – caçoavam os cocheiros. – Até parece um sapateiro qualquer...

– Com que então os senhores podem andar dando escândalo? – disse-lhe um policial. – Só lhe falta entrar num botequim!

– Bom Senhor, dá uma esmolinha pelo amor de Cristo! – uivavam os mendigos, cercando Fiódor por todos os lados. – Dá, dá!

Antes, quando ele era sapateiro, os mendigos nem ligavam para ele, mas agora eles não lhe davam passagem.

E em casa recebeu-o a esposa nova, madama, trajando casaco verde e saia vermelha. Ele quis fazer-lhe um carinho e já levantou a mão para dar-lhe um tapa nos costados, mas ela falou enfezada:

– Mujique! Não sabes lidar com as damas! Se me amas, podes beijar-me a mãozinha, mas não admitirei taponas!

"Eta, vida de anátema!", pensou Fiódor. "É assim que eles vivem? Não se pode entoar uma cantiga, não se pode tocar sanfona, não se pode brincar com a própria mulher... Tfu!"

Mal se sentou à mesa com a madama para tomar chá, quando surgiu o Imundo de óculos azuis e disse:

– Então, Fiódor Pantelêitch, eu fiz a minha parte pontualmente. Agora, o senhor assina este papelzinho e vem comigo. Agora já sabe o que significa a vida de rico, e já lhe basta!

E arrastou Fiódor para o Inferno, direto para a fornalha, e os diabos acorreram de todos os lados, gritando:

– Bobalhão! Imbecil! Asno!

O Inferno fedia horrivelmente a querosene, a ponto de sufocar.

E de repente tudo sumiu. Fiódor abriu os olhos e viu a sua banca de trabalho, as botas e a lamparina de zinco. A manga de vidro da lamparina estava enegrecida, e da pequena chama do pavio soltava-se uma fumaça fedorenta, como de uma chaminé. Em pé ao seu lado estava o cliente de óculos azuis que gritava colérico:

– Bobalhão! Imbecil! Asno! Vou dar-te uma lição, vagabundo! Recebeu o pedido há duas semanas e as botas não ficaram prontas até agora! Pensas que eu tenho tempo para andar atrás de ti e das botas cinco vezes por dia? Canalha! Animal!

Fiódor sacudiu a cabeça e pegou nas botas. O cliente ficou ainda muito tempo a invectivá-lo e ameaçá-lo. Quando, por fim, ele acalmou-se, Fiódor perguntou-lhe, taciturno:

– E qual é a sua ocupação, meu senhor?

– Eu preparo fogos-de-bengala e foguetes. Sou pirotécnico.

Soaram as matinas. Fiódor entregou as botas, recebeu o dinheiro e dirigiu-se à igreja.

Pela rua, para cá e para lá, transitavam carruagens e trenós forrados de peles de urso. Pela calçada, junto com gente humilde, andavam comerciantes, madamas, oficiais... Mas Fiódor já não os invejava e não murmurava contra a sua sorte. Parecia-lhe agora que os ricos e pobres iam igualmente mal. Uns têm a possibilidade de viajar de carruagem, e outros, de cantar a plenos pulmões e tocar harmônica, mas no fim a todos aguarda a mesma coisa, a mesma sepultura, e na vida não existe coisa alguma que mereça que se dê por ela ainda que a menor parcela da alma ao Imundo.

Um dia no campo – Ceninha

Passa das oito da manhã.

Uma pesada massa plúmbea arrasta-se ao encontro do sol. Aqui e ali ela é cortada pelos zigue-zagues vermelhos dos relâmpagos. Ouve-se o ribombar distante do trovão. Um vento morno passeia pela grama, inclina as árvores e levanta poeira. Já, já espirrará uma chuva de maio e começará um temporal de verdade.

Fiokla, pequena mendiga de seis anos de idade, corre pela aldeia à procura do sapateiro Terênti. Cabelos esbranquiçados, pés descalços, a meninazinha está pálida. Seus olhos estão dilatados, os lábios tremem.

– Titio, onde está o Terênti? – pergunta ela a cada pessoa que encontra. Ninguém responde. Todos estão preocupados com o temporal iminente e se esconden nas izbás*. Finalmente, ela cruza com o sacristão Silánti Silitch, amigo e companheiro de Terênti. Ele caminha e cambaleia por causa do vento.

– Titio, onde está o Terênti?

– Nas hortas – responde Silánti.

A mendiguinha corre para as hortas, por detrás das izbás*, e lá encontra Terênti. O sapateiro-remendão Terênti, um velho alto, de rosto magro e bexiguento e pernas muito compridas, descalço e vestindo uma jaqueta rasgada de mulher, está parado junto aos canteiros, fitando com olhos ébrios e sonolentos a nuvem escura. Nas suas longas

---

* Izbá – Casebre camponês. (N.T.)

pernas de cegonha, ele oscila ao vento como uma casinha de estorninhos.

– Tio Terênti! – aborda-o a mendiguinha de cabelos esbranquiçados. – Tiozinho, querido!

Terênti inclina-se para Fiokla e pelo seu rosto ébrio e taciturno espalha-se um sorriso, como aqueles que aparecem nos rostos das pessoas quando elas veem diante de si algo pequenino, bobinho, risível, mas ternamente amado.

– Ah!... A serva de Deus Fiokla! – diz ele, ciciando carinhosamente. – De onde Deus te traz?

– Titio Terênti – soluça Fiokla, segurando o sapateiro pela aba da roupa –, aconteceu uma desgraça com o maninho Danilka! Vamos!

– Que desgraça foi essa? Uhhu, que trovão! Santo, santo, santo... Qual desgraça?

– Lá no bosque do conde, o Danilka enfiou a mão num oco de árvore e agora não consegue tirar. Vai, tiozinho, tira a mão dele de lá, faz a caridade!

– Mas como foi que ele meteu a mão ali? Para quê?

– Ele queria tirar um ovo de cuco do oco, para mim.

– O dia nem começou e vocês já se meteram em apuros... – balança a cabeça Terênti, com uma lenta cusparada. – E então, o que que eu faço contigo agora? Precisa ir... Carece o lobo que vos coma, arteiros! Vamos, órfã!

Terênti sai da horta e, erguendo alto suas longas pernas, começa a marchar pela rua. Caminha depressa, sem olhar para os lados ou para trás, como se o empurrassem pelas costas ou o perseguissem. A mendiguinha Fiokla mal consegue acompanhá-lo.

Os companheiros saem da aldeia e se dirigem pela estrada poeirenta para o bosque do conde que azuleja ao longe. Até lá são umas duas verstás. E as nuvens já esconderam o sol, e logo no céu não sobrará um só pedacinho azul. Escurece.

— Santo, santo, santo... — sussurra Fiokla, afanando-se atrás de Terênti.

Os primeiros pingos, graúdos e pesados, caem como pontos negros sobre a estrada poeirenta. Um grande pingo cai sobre a face de Fiokla e lhe desce qual lágrima para o queixo.

— Começou a chuva! — murmura o sapateiro, levantando poeira com os seus pés ossudos e descalços. — Isto é graças a Deus, amiga Fiokla. A grama e as árvores se alimentam da chuva, como nós de pão. E, quanto ao trovão, não tenhas medo, órfãzinha. Para que ele iria te matar, tão pequeninha?

Com a chuva, o vento se aquieta. O único ruído é da chuva, que bate como chumbo miúdo no centeio novo e na estrada seca.

— Vamos ficar encharcados, nós dois, Fiokluchka — resmunga Terênti. — Não sobrará um fio seco... Oh! oh, menina! A água me entrou pela nuca! Mas não tenhas medo, bobinha! A grama vai secar e nós dois também vamos secar. O sol é um só para todos.

Por sobre as cabeças dos caminhantes brilha um relâmpago de uns dois sájens* de comprimento. Ressoa um ribombar rolante, e Fiokla tem a impressão de que algo enorme, pesado e como que redondo rola pelo céu e rasga-o bem por cima da sua cabeça!

— Santo, santo, santo... — persigna-se Terênti. — Não tenhas medo, órfãzinha! Ele não ruge por mal.

Os pés do sapateiro e de Fiokla cobrem-se de pedaços de barro pesado e molhado. Andar é difícil, escorregadio, mas Terênti marcha cada vez mais, e mais depressa... A pequenina e frágil mendiga arqueja e quase cai.

---

* Sájen – Medida russa antiga: 2,134m. (N.T.)

Mas eis que finalmente eles entram no bosque do conde. As árvores lavadas, alvoroçadas pelo golpe de vento, derramam sobre eles uma verdadeira cascata de pingos. Terênti tropeça nos tocos e começa a andar mais devagar.

– Onde está o Danilka por aqui? – pergunta. – Leva-me até ele!

Fiokla o conduz para um cerrado e, após andar um quarto de verstá, mostra-lhe o irmão Danilka. Seu irmão, menino miúdo de oito anos, de cabeça ruiva como ocre e rosto pálido e doentio, está de pé, encostado na árvore e, de cabeça inclinada para um lado, olha para o céu de soslaio. Uma das suas mãos segura o gorrinho surrado, a outra está oculta no oco de uma velha tília. O menino perscruta o céu trovejante e aparentemente não percebe o seu problema. Ouvindo os passos e vendo o sapateiro, ele dá um sorriso doentio e diz:

– Que trovão terrível, Terênti! Nunca na vida eu ouvi um trovão assim.

– E a tua mão, onde está?

– No oco... Tira ela, faz o favor, Terênti!

A borda do oco se quebrara e prendera a mão de Danilka: dá para enfiá-la mais fundo, mas não dá para puxar para fora de jeito algum. Terênti destaca o pedaço quebrado, e a mão do menino, vermelha e amarrotada, fica livre.

– Terrível, como troveja! – repete o menino, coçando a mão.

– E por que ele troveja, Terênti?

– Uma nuvem que se choca com outra... – diz o sapateiro. O grupo sai do bosque e caminha pela orla para a estrada escurecida. O trovão sossega pouco a pouco, e seu ribombar já se ouve ao longe, do lado da aldeia.

– Aqui, no outro dia, os patos passaram voando, Terênti. – diz Danilka, ainda coçando a mão. – Decerto vão pousar nos pântanos podres da Zona Inundada. Fiokla, quer que eu te mostre um ninho de rouxinol?

— Não mexe, vais perturbá-los... – diz Terênti, espremendo a água do seu gorro. – O rouxinol é um pássaro canoro, sem pecado... Foi-lhe dada uma voz assim na garganta, para louvar a Deus e alegrar o homem. É pecado perturbá-lo.

— E o pardal?

— O pardal pode, ele é um pássaro mau, traiçoeiro. Tem uns pensamentos na cabeça, que nem um gatuno. Quando Cristo foi crucificado, ele levava cravos para os judeus e gritava, "vivo, vivo!"

No céu surge uma mancha azul-clara.

— Olha aqui – diz Terênti –, um formigueiro remexido! Ficaram inundadas, as malandrinhas!

Eles se curvam sobre o formigueiro. O aguaceiro revolveu a moradia das formigas; os insetos se agitam alvoroçados na lama e se afanam junto aos companheiros afogados.

— Não há de ser nada, não vão morrer! – ri Terênti. – Assim que o sol esquentar, elas voltam a si... Que lhes sirva de lição, para da outra vez não se instalarem em lugar baixo...

Eles continuam a caminhada.

— Olha aqui, as abelhas! – exclama Danilka, mostrando o galho de um carvalho novo.

Nesse galho, espremidas umas contra as outras, amontoaram-se as abelhas molhadas e transidas de frio. São tantas, que nem dá para se ver a casca da árvore, nem as folhas. Muitas estão amontoadas umas sobre as outras.

— Isto é um enxame de abelhas – ensina Terênti. – Estavam voando, procurando um lugar para pousar, mas, quando a chuva as alcançou, pousaram aqui. Quando um enxame está voando, basta espirrar um pouco d'água nele, pra ele pousar. Agora, se, por exemplo, alguém quiser apanhar as abelhas, é só meter o galho num saco, sacudir, e todas elas ficam presas.

A pequena Fiokla de repente faz uma careta e coça o pescoço com força. O irmão olha para o seu pescoço e vê uma grande bolha.

– He he! – ri o sapateiro. – Sabes, mana Fiokla, de onde te veio este azar? Lá no bosque, nalguma árvore, tem umas moscas chpanholas* sentadas – a água escorreu delas e te pingou no pescoço, daí a bolha.

O sol surge por detrás das nuvens e inunda o bosque, o campo e os nossos caminhantes de tépida luz. A nuvem escura e ameaçadora já se foi para longe e levou consigo o temporal. O ar fica morno e perfumado. Paira a fragrância de amieiro, trevo-doce e lírio-do-vale.

– Essa erva se dá quando corre sangue do nariz – diz Terênti, apontando para uma flor felpuda. – Ajuda...

Ouve-se um apito e um trovejar. Mas não é aquele trovão que ainda agora foi levado pelas nuvens. Diante dos olhos de Terênti, Danilka e Fiokla, passa ventando um trem de carga. A locomotiva, bufando e soltando fumaça negra, arrasta atrás de si mais de vinte vagões. Sua força é descomunal. As crianças gostariam de saber como é que a locomotiva, que não é viva e nem é puxada por cavalos, arrasta tamanho peso, e Terênti empreende a explicação disto:

– Aqui, meninos, a coisa toda está no vapor... O vapor é que age... Quer dizer, ele empurra aquela coisa que fica perto das rodas, e ela... isto é... ela trabalha...

Os caminhantes atravessam o leito da ferrovia e, depois, descendo do aterro, vão andando para o rio. Eles não vão com direção certa, mas para onde os pés os

---

* Corruptela de "espanholas". (N.T.)

levam, conversando pelo caminho todo. Danilka pergunta, Terênti responde...

Terênti responde a todas as perguntas, e não existe na natureza um segredo que possa causar-lhe perplexidade. Ele sabe tudo. Assim, ele conhece o nome de todas as ervas do campo, animais e pedras. Sabe com que plantas se curam doenças, não tem dificuldade em reconhecer a idade de uma vaca ou de um cavalo. Olhando para o pôr do sol, a lua, as aves, ele sabe dizer que tempo fará amanhã. E nem é só Terênti que é tão entendido: o sacristão Silánti Silitch, o taberneiro, o hortelão, o pastor, a aldeia em geral, todos sabem tanto quanto ele. Essa gente não aprendeu pelos livros, mas no campo, no bosque, à beira do rio. Ensinaram-nos os próprios pássaros, quando lhes cantavam as suas cantigas, o sol, quando, ao se pôr, deixava atrás de si um clarão rubro, as próprias árvores e as ervas.

Danilka olha para Terênti e sorve avidamente cada uma das suas palavras. Na primavera, quando ainda não se cansou do calor e do verde monótono dos campos, quando tudo é novo e respira frescor, quem não acha interessante ouvir falar dos dourados besouros de maio, das cegonhas, do trigo em espiga e dos riachos murmurantes?

Ambos, o sapateiro e o órfão, caminham pelo campo, conversam sem parar e não se cansam. Eles andariam sem fim pelo vasto mundo. Eles caminham e, em meio às conversas sobre a beleza da terra, não reparam que atrás deles vai tropeçando a pequenina e frágil mendiguinha. Ela pisa penosamente e arqueja. As lágrimas pendem dos seus olhos. Bem que ela gostaria de largar esses infatigáveis andarilhos, mas para onde e para quem ela pode ir? Não tem nem casa nem parentes. Quer queira ou não, ela tem de andar e ouvir as conversas.

Perto do meio-dia, os três se sentam à beira do rio. Danilka tira do saco um pedaço de pão molhado e transformado numa pasta, e os caminhantes se põem a comer. Tendo comido um pouco de pão, Terênti reza a Deus, depois se estende na margem arenosa e adormece. Enquanto ele dorme, o menino olha para a água e pensa. São muitos e vários os seus pensamentos. Ainda há pouco ele viu uma tempestade, abelhas, formigas, um trem, e, agora, diante dos seus olhos, agitam-se peixinhos. Uns têm duas polegadas ou mais de comprimento, outros não são maiores que uma unha. De cabeça levantada, uma víbora atravessa nadando de uma margem a outra.

Somente ao anoitecer os nossos andarilhos voltam para a aldeia. As crianças abrigam-se para o pernoite num alpendre abandonado, onde antes se armazenava o trigo comunal, enquanto Terênti, despedindo-se delas, dirige-se para o botequim. Apertadas uma contra a outra, as crianças cochilam sobre a palha.

O menino não dorme. Ele fita a escuridão e parece-lhe enxergar tudo o que ele viu durante o dia: as nuvens, o sol brilhante, os pássaros, os peixinhos, o esgalgado Terênti. A abundância de impressões, a fadiga e a fome reclamam o seu. Ele arde como numa fogueira e rola de um lado para outro. Tem vontade de expressar para alguém tudo aquilo que agora lhe aparece no escuro e lhe perturba a alma, mas não tem com quem falar. Fiokla ainda é pequena e não entenderá.

"Vou contar amanhã para o Terênti...", pensa o menino.

As crianças adormecem, pensando no desabrigado sapateiro. E, no meio da noite, Terênti vem ter com eles, faz sobre eles o sinal da cruz e ajeita a palha debaixo das suas cabeças. E esse amor, não o vê ninguém. A não ser talvez tão somente a lua, que flutua pelo céu e espia carinhosamente, através das frestas do telhado esburacado, para dentro do alpendre abandonado.

Em casa

— Vieram da parte dos Grigóriev buscar não sei que livro, mas eu disse que o senhor não estava em casa. O carteiro trouxe os jornais e duas cartas. A propósito, Ievguêni Pietróvitch, eu lhe pediria que prestasse atenção no Seriója. Hoje e anteontem eu reparei que ele fuma. Quando eu comecei a repreendê-lo, ele, como de costume, entupiu os ouvidos e pôs-se a cantar alto, para abafar a minha voz...

Ievguêni Pietróvitch Bikovski, procurador do tribunal regional, que acabava de voltar de uma sessão e estava tirando as luvas no seu gabinete, olhou para a governanta que lhe fazia o relatório e riu.

— Seriója fuma... — encolheu ele os ombros. — Imagino esse pirralho com um cigarro! Quantos anos ele tem mesmo?

— Sete anos. Ao senhor isto não parece coisa séria, mas na sua idade o fumar representa um hábito mau e pernicioso, e é preciso erradicar os maus hábitos desde o começo.

— Totalmente correto. E onde ele arranja o tabaco?

— Na escrivaninha do senhor.

— É mesmo? Neste caso, mande-o para mim.

Quando a governanta saiu, Bikovski sentou-se na poltrona diante da escrivaninha, fechou os olhos e pôs-se a pensar. Na sua imaginação, ele, sem saber por que, pintava o seu Seriója com um enorme cigarro de um palmo de comprimento, entre nuvens de fumaça de tabaco, e essa caricatura o fazia sorrir; ao mesmo tempo, o rosto sério e preocupado da governanta despertou-lhe lembranças de um tempo há muito passado e meio esquecido, quando o fumar na escola e no quarto das crianças incutia nos pedagogos e nos pais um terror estranho e não muito compreensível. Era justamente terror. Os garotos eram surrados sem dó, expulsos do ginásio, truncavam-lhes a vida, embora nenhum dos pais ou pedagogos soubesse em que realmente consistiam o prejuízo e a delinquência do fumar. Mesmo pessoas muito inteligentes não se davam ao trabalho de lutar contra um vício que não compreendiam. Ievguêni Pietróvitch lembrou-se do seu diretor do ginásio, um velhote muito instruído e bondoso, que se assustava tanto quando topava com um ginasiano com um cigarro que empalidecia, convocava imediatamente uma reunião pedagógica extraordinária e condenava o culpado à expulsão. Assim deve ser, ao que parece, a lei da convivência: quanto mais incompreensível o mal, tanto mais encarniçada e grosseira é a luta contra ele.

O procurador lembrou-se de dois ou três dos expulsos, suas vidas subsequentes, e não pôde deixar de pensar que o castigo muitas vezes traz males bem maiores que o próprio crime. Um organismo vivo dispõe da capacidade de se adaptar rapidamente, habituar-se e acomodar-se a qualquer atmosfera, senão o homem deveria sentir a cada momento que fundo irracional têm às vezes as suas atividades racionais e quão pouca verdade há em atividades tão sensatas e terríveis pelos seus resultados, como a pedagógica, a jurídica, a literária...

E pensamentos semelhantes, leves e difusos – que só entram num cérebro fatigado em repouso – começaram a flutuar na cabeça de Ievguêni Pietróvitch; eles surgem não se sabe de onde nem para que, pouco se demoram na cabeça e, ao que parece, se arrastam pela superfície do cérebro, não penetrando mais profundamente. Para pessoas obrigadas durante horas e mesmo dias a pensar burocraticamente, numa só direção, tais pensamentos soltos e domésticos constituem uma espécie de conforto, uma comodidade agradável.

Passava das oito horas da noite. Em cima, sobre o teto, no segundo andar, alguém andava de um lado para outro, e ainda mais alto, no terceiro andar, quatro mãos tocavam escalas. Os passos da pessoa que, a julgar pelo caminhar nervoso, entregava-se a pensamentos torturantes ou sofria de dor de dentes, mais as escalas monótonas, conferiam ao silêncio do anoitecer algo de sonolento, que predispunha a pensamentos preguiçosos. Dois cômodos adiante, no quarto das crianças, conversavam a governanta e Seriója.

– Pa-pai chegou! – cantou o menino. – Papai chegou! Pa! pa! pai!

– *Votre père vous apelle, allez vite!** – gritou a governanta, num guincho de ave assustada. – Estou lhe dizendo!

"Mas afinal, o que é que eu vou lhe dizer?", pensou Ievguêni Pietróvitch.

Mas antes que ele pudesse lembrar alguma coisa, já entrava no gabinete o seu filho Seriója, menino de sete anos. Era uma figura na qual só pela roupa se podia adivinhar-lhe o sexo: franzino, pálido, frágil... Era murcho de corpo como um legume cozido, e tudo nele parecia extraordinariamente delicado e mole: os movimentos, o cabelo encaracolado, o olhar, o casaquinho de veludo.

– Boa-noite, papai! – disse ele com voz macia, encarapitando-se nos joelhos do pai e dando-lhe um rápido beijo no pescoço. – Você me chamou?

– Com licença, com licença, Serguêi Ievguênitch – respondeu o procurador, afastando-o de si. – Antes

---

* "Seu pai está lhe chamando, vá rápido!" Em francês no original. (N.E.)

de nos beijarmos, precisamos conversar, e conversar seriamente... Estou zangado e não gosto mais de você. Fique sabendo, maninho: eu não gosto de você, e você não é mais meu filho. Sim.

Seriója olhou fixamente para o pai, depois passou a olhar para a mesa e deu de ombros.

– E o que foi que eu lhe fiz? – perguntou ele, piscando os olhos, perplexo. – Hoje eu não entrei nem uma vez no seu escritório e nem mexi em nada.

– Agora mesmo, Natália Semiónovna me fez queixa de que você está fumando. Isto é verdade? Você fuma?

– Sim, eu fumei uma vez... Isto é verdade!

– Está vendo, você mente ainda por cima – disse o procurador, fazendo carranca e assim disfarçando o sorriso. – Natália Semiónovna viu você fumando duas vezes. Quer dizer que você foi apanhado em três más ações: você fuma, tira da gaveta o tabaco alheio e mente. Três culpas!

– Ah, sim, sim – lembrou-se Seriója, e seus olhos sorriram. – Isto é certo, está certo! Eu fumei duas vezes: hoje e antes.

– Pois então, está vendo, não foi uma vez, mas duas vezes. Eu estou muito, muito descontente com você! Antes você era um bom menino, mas agora estou vendo que você ficou estragado e tornou-se mau.

Ievguêni Pietróvitch ajeitou o colarinho de Seriója e pensou: "O que mais eu posso dizer-lhe?".

– Sim, isto é mau – continuou ele –, eu não esperava de você uma coisa dessas. Em primeiro lugar, você não tem o direito de pegar um fumo que não lhe pertence. Cada um só tem o direito de se servir daquilo que lhe pertence, e se pega uma propriedade alheia, então... não é um homem bom! ("Não era isso que eu queria lhe dizer" – pensou Ievguêni Pietróvitch.) Por exemplo, Natália

Semiónovna tem uma arca de roupas. Essa arca é dela, e nós, isto é tanto você como eu, estamos proibidos de mexer nela, pois ela não é nossa. Não é verdade? Você tem cavalinhos e figurinhas... E eu não pego neles, certo? Quem sabe eu até gostaria de pegá-los, mas acontece que eles são seus e não meus!

– Pode pegar, se quiser! – disse Seriója, erguendo as sobrancelhas. – Por favor, papai, não se acanhe, pegue-os! Esse cachorrinho amarelo sobre a sua mesa, ele é meu, mas eu... nada... Deixa que fique aí!

– Você não me entende – disse Bikovski. – Você me deu esse cachorrinho de presente, agora ele é meu, e posso fazer com ele tudo o que eu quiser; mas o tabaco, eu não lhe fiz presente dele! O tabaco é meu! ("Não é assim que eu tinha de explicar!", pensou o procurador. "Não é nada disso, nada disso, de todo!") Se eu tenho vontade de fumar tabaco alheio, então, antes de tudo, eu tenho de pedir licença...

Preguiçosamente enganchando uma frase na outra frase, e imitando o linguajar infantil, Bikovski pôs-se a explicar ao filho o que é propriedade. Seriója fitava-o no peito e ouvia atentamente (ele gostava de conversar à noite com o pai), depois debruçou-se sobre a beira da mesa e começou a apertar seus olhos míopes sobre o papel e o tinteiro. Seu olhar vagou pela mesa e se deteve sobre um frasco de goma arábica.

– Papai, do que se faz a cola? – perguntou ele de repente, aproximando o frasco dos olhos.

Bikovski tirou-lhe o frasco das mãos, recolocou-o no lugar e continuou:

– Em segundo lugar, você fuma... Isso é muito ruim! Se eu fumo, isso ainda não significa que se pode fumar. Eu fumo e sei que isso não é inteligente, eu ralho comigo mesmo e não gosto de mim por isso. ("Que pedagogo esperto que eu sou", pensou o procurador.) O tabaco faz mal à saúde, e aquele que fuma morre antes do tempo. Mas fumar é especialmente prejudicial aos pequenos como você. Você tem o peito fraco, você ainda não se fortificou, e nas pessoas fracas a fumaça do cigarro causa tísica e outras doenças. O tio Ignáti, ele morreu de tísica. Se ele não fumasse, quem sabe hoje ainda estaria vivo.

Seriója olhou pensativamente para a lâmpada, mexeu no abajur e suspirou.

– O tio Ignáti tocava bem o violino! – disse ele. – O violino dele agora está com os Grigóriev!

Seriója debruçou-se novamente sobre o canto da mesa e ficou pensativo. No seu rosto pálido congelou-se uma expressão, como se estivesse escutando ou observando o desenvolvimento dos seus próprios pensamentos; tristeza e algo semelhante a susto apareceram nos seus olhos grandes e fixos. Decerto pensava agora sobre a morte, que havia tão pouco tempo levara consigo sua mãe e o tio Ignáti. A morte leva para o outro mundo as mães e os tios, enquanto seus filhos e violinos ficam na terra. Os defuntos moram em algum lugar lá no céu perto das estrelas e de lá olham para a terra. Será que eles suportam a separação?

"O que eu vou dizer-lhe?", pensava Ievguêni Pietróvitch. "Ele não me escuta. Evidentemente, não considera importantes nem os seus malfeitos nem os meus argumentos. Como fazê-lo entender?"

O procurador levantou-se e começou a andar pelo gabinete.

"Antigamente, no meu tempo, essas questões eram resolvidas com maravilhosa simplicidade", cogitava ele. "Qualquer garoto apanhado fumando era surrado. Os timoratos e medrosos de fato largavam o fumo, mas o mais inteligente e corajoso começava a carregar o tabaco no cano da bota e a fumar no galpão. Quando era apanhado fumando no galpão e novamente surrado, ele ia fumar à beira do rio... e assim por diante, até ficar crescido. Minha mãe me enchia de dinheiro e de balas para que eu deixasse de fumar. Mas agora esses recursos são considerados mesquinhos e imorais. Colocando-se no terreno da lógica, o pedagogo moderno esforça-se para que a criança assimile os bons princípios não por medo, não por vontade de se destacar ou de ganhar uma recompensa, mas sim conscientemente."

Enquanto ele andava e pensava, Seriója subiu com os pés na cadeira ao lado da mesa e começou a desenhar. Para que ele não sujasse papéis oficiais e não mexesse na tinta, sobre a mesa havia uma pilha de folhas, especialmente cortadas para ele, e um lápis azul.

– Hoje a cozinheira estava picando repolho e cortou o dedo – disse ele, desenhando uma casinha e movendo as sobrancelhas. – Ela deu um grito tão alto que todos nós tomamos um susto e corremos para a cozinha. Tamanha boba! Natália Semiónovna mandou que ela pusesse o dedo na água fria, mas ela ficou chupando... E como é que ela pode meter na boca aquele dedo sujo! Papai, mas isso é indecoroso!

Mais adiante ele contou que na hora do almoço entrou no pátio o homem do realejo com uma menina que cantava e dançava ao som da música.

"Ele tem o seu próprio fluxo de pensamentos!", pensava o procurador. "Tem o seu próprio pequeno mundo na cabeça, e ele sabe, à sua maneira, o que é importante e o que não é. Para cativar a sua atenção e consciência não basta arremedar a sua linguagem, é preciso também pensar à maneira dele. Ele me compreenderia perfeitamente, se de fato eu lamentasse o tabaco, se eu ficasse abespinhado, se começasse a chorar... É por isso que as mães são insubstituíveis na educação, é porque elas sabem sentir junto com as crianças, chorar, gargalhar... Mas com lógica e moral não se chega a nada. Bem, que mais eu vou lhe dizer? O quê?"

E parecia estranho e ridículo a Ievguêni Pietróvitch que ele, um jurista experiente, que passara metade da vida em toda sorte de supressões, advertências e punições, se perdesse completamente e não soubesse o que dizer ao menino.

– Escute, dê-me a sua palavra de honra que você não vai fumar mais – disse ele.

– Pa-alavra de honra! – disse Seriója, calcando o lápis com força e curvando-se para o desenho. – Palavra de honra! Ra! Ra!

"Mas será que ele sabe o que é uma palavra de honra?", perguntou-se Bikovski. "Não, sou um mau preceptor! Se algum dos pedagogos ou algum dos nossos juízes espiasse agora dentro da minha cabeça, iria chamar-me de trapo e quiçá me suspeitasse de excesso de filosofice... Mas na escola e no tribunal todos esses problemas velhacos são resolvidos bem mais simplesmente do que em casa; aqui temos de nos haver com pessoas que amamos incondicionalmente, e o amor é exigente e complica a questão. Se este garoto não fosse meu filho, mas um aluno ou um réu, eu não estaria tão acovardado, e meus pensamentos não se dispersariam desta forma!"

Ievguêni Pietróvitch sentou-se à mesa e puxou para si um dos desenhos de Seriója. Nesse desenho estava representada uma casa de telhado oblíquo, com uma fumaça que, como um relâmpago, saía da chaminé em zigue-zague e subia até a margem superior do papel; ao lado da casa estava um soldado, com pontos no lugar dos olhos e uma baioneta que parecia o número 4.

– Um homem não pode ser mais alto que uma casa – disse o procurador. – Veja: o seu telhado chega até os ombros do soldado.

Seriója subiu no seu colo e ficou muito tempo se movendo a fim de se acomodar melhor.

– Não, papai! – disse ele, examinando o desenho. – Se desenhar o soldado pequenininho, não vai dar para ver os olhos dele.

Seria necessário contestá-lo? Das suas observações cotidianas sobre o filho, o procurador convencera-se de que as crianças, como os selvagens, têm a sua própria visão artística e exigências singulares, inacessíveis à compreensão do adulto. A uma observação atenta, para um adulto, Seriója poderia parecer anormal. Ele achava possível e sensato desenhar pessoas mais altas do que casas, transmitir com o lápis, além de objetos, também suas percepções. Assim, ele representava os sons de uma orquestra na forma de esfumadas manchas esféricas, e um assobio, na forma de um fio em espiral... No seu entendimento, o som tinha um contato estreito com a forma e a cor, de maneira que, colorindo as letras, ele invariavelmente pintava o som do L de amarelo, do M de vermelho, do A de preto etc.

Largando o desenho, Seriója mexeu-se mais uma vez, assumiu uma pose confortável e ocupou-se da barba do pai. Primeiro ele alisou-a cuidadosamente, depois dividiu-a e começou a ajeitá-la em forma de suíças.

– Agora você parece o Iván Stiepánovitch – murmurava ele –, mas agora você vai ficar parecido... com o nosso porteiro. Papai, por que os porteiros ficam perto das portas? Para não deixar entrar ladrões?

O procurador sentia no rosto o seu hálito, volta e meia tocava com a face os seus cabelos, e ele sentia um calor e uma moleza no coração, como se não apenas as suas mãos, mas toda a sua alma pousassem sobre o veludo do casaquinho de Seriója. Ele fitava os grandes olhos escuros do menino e parecia-lhe que, das pupilas dilatadas, fitavam-no a mãe, a esposa e tudo o que ele já amara.

"Agora tente dar-lhe uma surra...", pensava ele. "Tente agora inventar castigos. Não, qual o que, não é para nós nos metermos a educadores. Antigamente as pessoas eram simples, pensavam menos e por isso mesmo resolviam os problemas corajosamente. Mas nós pensamos demais, a lógica nos consumiu... Quanto mais desenvolvido é o homem, quanto mais ele pondera e entra em detalhes, tanto mais ele fica vacilante, cismado, e põe mãos à obra timidamente. Na verdade, se pensarmos em profundidade, quanta coragem e confiança em si mesmo são necessárias para se atrever a ensinar, julgar, escrever um livro grosso..."

Bateram as dez horas.

– Bem, menino, está na hora de dormir – disse o procurador –, despeça-se e vá.

– Não, papai – e Seriója franziu o rosto –, eu ainda vou ficar um pouco. Conte-me alguma coisa. Conte uma história encantada.

– Pois não, só que, depois da história, direto para a cama.

Nas noites livres, Ievguêni Pietróvitch costumava contar histórias a Seriója. Como a maioria dos homens de negócios, ele não sabia de cor nenhuma poesia e não se lembrava de nenhum conto de fadas, de modo que ele tinha de improvisar todas as vezes. Geralmente começava com o clichê "era uma vez, num reino distante", e ia em frente amontoando toda sorte de disparates inocentes e, contando o começo, não tinha noção de como seriam o meio e o fim. Quadros, personagens e situações apareciam a esmo, de improviso; a fábula e a moral decorriam como que por si mesmas, à revelia da vontade do contador. Seriója gostava muito dessas improvisações, e o procurador reparava que, quanto mais modesta e singela saía a fábula, tanto mais forte era o seu efeito sobre o menino.

– Ouça! – começou ele, erguendo os olhos para o teto. – Era uma vez, num reino muito distante, um velho rei, muito velho de longa barba grisalha e... e com esses bigodões. Pois bem, ele morava num palácio de vidro, que brilhava e faiscava ao sol como um grande pedaço de gelo puro. E o palácio, meu maninho, erguia-se no meio de um enorme jardim, onde, sabe, cresciam laranjas... bergamotas, cerejas... floresciam tulipas, rosas, campainhas, cantavam pássaros multicores... Sim. Das árvores pendiam sininhos de vidro que, quando o vento soprava, soltavam um som tão delicado que as pessoas se esqueciam da vida. O vidro produz um som mais suave e delicado do que o metal. Bem, e o que mais? No jardim havia repuxos... Lembra-se, você viu na dátcha da tia Sónia uma fonte com repuxo? Pois eram repuxos iguais àquele que ficavam no jardim real, só que de dimensões muito maiores, e o jato d'água alcançava o cume mais alto dos ciprestes.

Ievguêni Pietróvitch pensou um pouco e continuou:

– O velho rei tinha um filho único, herdeiro do reino. Um menino, assim como você. Ele era um bom menino. Nunca fazia manha, ia dormir cedo, não mexia em nada na mesa e... e era um menino sensato e bonzinho. Ele só tinha um defeito. Ele fumava...

Seriója escutava concentrado, e olhava nos olhos do pai sem piscar. O procurador continuava, pensando: "E agora, o que mais?".

Ficou longamente, como se diz, mastigando e remoendo, e terminou assim:

– De tanto fumar, o príncipe adoeceu de tísica e morreu quando tinha vinte anos. E o velho, caduco e adoentado, ficou sem qualquer apoio. Não havia ninguém para governar o reino e defender o palácio. Chegaram os inimigos, mataram o velho, destruíram o palácio e agora, no jardim já não há nem cerejas, nem aves, nem sininhos... Assim é, maninho...

Esse final parecia ao próprio Ievguêni Pietróvitch ingênuo e ridículo, mas a história toda causou em Seriója uma forte impressão. Novamente seus olhos enevoaram-se de tristeza e de algo parecido com susto; por um minuto, ele ficou olhando pensativo para a janela escura, estremeceu e disse com a voz apagada:

– Não vou fumar mais...

Quando ele se despediu e foi dormir, seu pai ficou andando silenciosamente de um canto para outro e sorrindo.

"Dirão que o que funcionou aqui foi a beleza, a forma artística", refletia ele. "Que seja, mas não é consolo. Mesmo assim, isto não é um recurso verdadeiro... Por que a moral e a verdade devem ser apresentadas não na sua forma crua, mas com misturas, inevitavelmente de forma açucarada e dourada, como as pílulas? Isto não é normal... Falsificação, enganação, truques..."

Lembrou-se dos jurados, para os quais é absolutamente necessário pronunciar um "discurso", do público, que assimila a história só por meio de lendas e romances históricos, de si mesmo, que haurira o bom senso da vida não de sermões e leis, mas de fábulas, romances, poesias...

"O remédio deve ser doce; a verdade, bela... E essa fantasmagoria o homem assumiu desde os tempos de Adão... De resto... Quem sabe tudo isso é natural e deve ser assim mesmo... Não são poucas na natureza as fraudes e as ilusões úteis..."

Ele pôs-se a trabalhar, mas os pensamentos preguiçosos e domésticos ainda continuaram a vagar pelo seu cérebro por muito tempo. Atrás do teto já não se ouviam mais as escalas, mas o morador do segundo andar ainda continuava a marchar de um lado para outro...

Pavores

Em todo o tempo, desde que vivo neste mundo, só senti pavor três vezes.

O primeiro pavor autêntico, que fez os meus cabelos se mexerem e formigas me correrem pelo corpo, teve por causa um fenômeno insignificante, mas estranho. Certa vez, por falta do que fazer, numa noite de julho, dirigi-me à estação postal para buscar os jornais. A noite era quieta, morna e quase abafada, como todos aqueles monótonos anoiteceres de julho que, uma vez iniciados, arrastam-se um após outro em sequência regular e ininterrupta durante umas duas semanas, às vezes mais, e súbito se interrompem com um violento temporal, com um suntuoso e prolongadamente refrescante aguaceiro.

O sol já se tinha posto havia tempo, e sobre toda a terra jazia uma compacta sombra gris. No ar parado e imóvel, mesclavam-se as emanações doce-melosas de ervas e flores.

Eu me transportava numa simples carroça de carga. Atrás das minhas costas, a cabeça reclinada num saco de aveia, ressonava baixinho o filho do jardineiro, Páchka, menino de uns oito anos, que eu levara comigo para o caso de surgir a necessidade de tomar conta do cavalo. O nosso caminho estendia-se por uma estrada rural estreita mas reta como uma régua, a qual, como uma grande serpente, ocultava-se atrás do trigo alto e espesso. Pálida, extinguia-se a luz do anoitecer; a faixa clara era cortada por uma nuvem estreita e desajeitada, que ora parecia um barco, ora um homem envolto num cobertor...

Andei umas duas-três verstás, e eis que, sobre o fundo pálido da luz do poente, começaram a crescer, um após outro, ciprestes altos e esguios; depois deles começou a brilhar o rio e, de repente, como por um passe de magia, surgiu uma rica paisagem. Foi preciso segurar o cavalo, porque o nosso caminho direito se interrompia e já ia descendo por um íngreme declive coberto de capoeira. Estávamos parados no alto do morro, e embaixo abria-se diante de nós uma fossa extensa, cheia de penumbras, formas extravagantes e amplidão. No fundo dessa vala, sobre vasta planura, guardada pelos ciprestes e acariciada pelo brilho do rio, aninhava-se a aldeia. Agora ela dormia... Seus casebres, a igreja com o campanário e as árvores se delineavam, destacando-se no lusco-fusco cinzento, e sobre a superfície lisa do rio refletiam-se os seus vultos.

Acordei Páchka, para que ele não caísse da carroça, e comecei a descer cautelosamente.

– Já chegamos a Lúkovo? – perguntou Páchka, levantando preguiçosamente a cabeça.

– Chegamos. Segura as rédeas!

Fui descendo o cavalo pela encosta e olhando para a aldeia. Desde o primeiro relance, chamou-me a atenção uma circunstância estranha: no pavimento mais alto do campanário, na minúscula janelinha, entre a cúpula e os sinos, bruxuleava uma luzinha. Esse foguinho, lembrando a luz de uma lamparina se apagando, ora desfalecia por um instante, ora renascia brilhante. De onde ela teria surgido? A sua origem me era incompreensível. Não podia estar acesa atrás da janela, porque no pavimento mais alto do campanário não havia nem ícones nem lamparinas; lá, conforme eu sabia, só havia traves, poeira e teias de aranha; chegar a esse lugar era difícil, porque a passagem para ali, desde o campanário, estava totalmente fechada com pregos.

Essa luzinha, mais provavelmente, era o reflexo de uma luz exterior, mas por mais que eu forçasse a vista, naquele espaço enorme que se estendia diante de mim, eu não divisei, além daquela luzinha, nem um só ponto iluminado. Não havia luar. O traço pálido, já quase se apagando de todo, da luz do anoitecer não podia refletir-se ali, porque a janela com a luzinha não dava para o poente, mas para o nascente. Essas e outras considerações semelhantes passavam-me pela cabeça o tempo todo, enquanto eu descia o morro com o cavalo. Embaixo, subi novamente na carroça e lancei mais um olhar para a luzinha. Ela continuava a brilhar e a piscar.

"Estranho", pensava eu, perdido em suposições. "É muito estranho."

E, pouco a pouco, tomou conta de mim uma sensação desagradável. Primeiro pensei que era irritação porque eu não era capaz de explicar um fenômeno comum, mas depois, quando de repente, horrorizado, eu tirei os olhos da luzinha e me agarrei a Páchka com uma das mãos, ficou claro que eu estava sendo dominado pelo medo... Envolveu-me a sensação de solidão, angústia e terror, como se, contra a minha vontade, tivesse me atirado nessa grande vala cheia de penumbras, onde eu ficara a sós com o campanário, que me fitava com o seu olho rubro.

– Páchka! – chamei, fechando os olhos, apavorado.

– Hein?

– Páchka, o que é aquilo brilhando no campanário?

Páchka olhou para o campanário por cima do meu ombro e bocejou.

– E quem é que vai saber?

Essa breve conversa com o menino tranquilizou-me um tanto, mas foi por pouco tempo. Páchka, percebendo a minha inquietação, dirigiu seus grandes olhos para a luzinha, fitou-me mais uma vez, depois novamente a luzinha...

– Tenho medo! – sussurrou ele.

Imediatamente, fora de mim de pavor, enlacei o menino com um dos braços, estreitei-me contra ele e chicoteei o cavalo com força.

"Coisa estúpida!", dizia comigo mesmo. "Esse fenômeno é assustador só porque é incompreensível... Tudo o que é incompreensível é misterioso e, por isso, é assustador."

Eu procurava me convencer, mas ao mesmo tempo não parava de chicotear o cavalo. Chegando à estação postal, fiquei de propósito tagarelando com o chefe de plantão durante uma hora inteira, li dois ou três jornais, mas a inquietude ainda não me abandonara. No caminho de volta, a luzinha já não estava lá, mas em compensação as silhuetas das izbás, dos ciprestes, e o morro que tivemos de subir pareciam-me dotados de vida. Porém o que era aquela luzinha eu não sei até agora.

***

O outro pavor que eu vivenciei foi provocado por uma circunstância não menos insignificante. Eu voltava de um encontro amoroso. Era uma da madrugada – hora em que geralmente a natureza está imersa no mais profundo e mais doce sono pré-matinal. Mas dessa vez a natureza não dormia e não se podia dizer que a noite era tranquila. Gritavam codornas, perdizes, rouxinóis, chiavam grilos e cigarrinhas. Por sobre a erva pairava uma névoa leve, e no céu, ao largo da lua, nuvens corriam apressadas não se sabe para onde, sem olhar para trás. Não dormia a natureza, como se temesse perder dormindo os melhores momentos da sua vida.

Eu caminhava por uma picada estreita bem na beira do aterro ferroviário. O luar deslizava pelos trilhos, sobre os quais já pousava o orvalho. As grandes sombras das nuvens passavam a toda hora por sobre o aterro. Ao longe, lá adiante, ardia tranquila uma luzinha verde e opaca.

"Quer dizer que está tudo bem", pensava eu, olhando para ela.

A minha alma estava tranquila, em calma e contentamento. Eu voltava de um encontro, não tinha pressa alguma, nem vontade de dormir, e a saúde e a mocidade se faziam sentir em cada suspiro, em cada um dos meus passos, ressoando surdamente no zumbido monótono da noite. Não me lembro do que estava sentindo, mas lembro-me de que eu estava bem, muito bem!

Tendo andado mais de uma verstá, escutei de repente atrás de mim um ruído monótono e forte, parecido com o marulhar de um grande regato. De segundo em segundo, ele ficava mais e mais alto e eu o ouvia cada vez mais e mais perto. Olhei para trás: a cem passos de mim desenhava-se escuro o bosque do qual acabara de sair; lá o aterro fazia uma curva bonita para a direita e sumia entre as árvores. Parei perplexo e fiquei à espera. Logo surgiu na curva um grande vulto negro, que se precipitava ruidosamente em minha direção e, com a rapidez de um pássaro, passou voando ao meu lado, pelos trilhos. Passou-se menos de meio minuto e o vulto desapareceu, e o ruído misturou-se ao zumbido da noite.

Era um simples vagão de carga. Em si mesmo, ele não representava nada de especial, mas o seu surgimento sozinho, sem locomotiva, e ainda por cima no meio da noite, colocou-me um problema. De onde ele podia ter surgido e que forças eram aquelas que o impeliam pelos trilhos em tão vertiginosa velocidade? De onde e para onde ele voava?

Se eu fosse supersticioso, teria concluído que eram demônios e bruxas a caminho de um Sabá, e continuaria o meu caminho, mas agora aquela visão era para mim decididamente inexplicável. Eu não acreditava nos meus próprios olhos e me debatia em suposições, como uma mosca na teia da aranha.

E senti de repente que eu estava sozinho, solitário como uma pedra em todo aquele espaço imenso, que a noite, que já parecia deserta, fitava-me no rosto e observava os meus passos; todos os sons, os gritos das aves e o sussurrar das árvores já me pareciam malignos, existindo apenas para assustar minha imaginação. Como um louco, arranquei-me do lugar e, sem me dar conta de nada, corri, procurando correr cada vez mais e mais depressa. E logo eu escutei aquilo em que antes não prestara atenção, e era o gemido lamentoso dos fios telegráficos.

– Que diabo de coisa! – eu tentava me fazer vergonha. – Isto é pusilânime, é tolo!

Mas o medo é mais forte que o bom senso. Eu só encurtei os meus passos quando alcancei a luzinha verde, onde vi uma escura guarita ferroviária e ao lado dela, no aterro, uma figura humana, decerto o guarda.

– Você viu? – perguntei, arquejante.

– Quem? O que foi?

– Um vagão que passou correndo por aqui!...

– Vi... – respondeu o mujique de má vontade. – Se soltou do trem de carga. Na verstá 121 tem um aclive... O trem arrasta pra cima... As correntes do vagão de trás não aguentaram, então ele se arrancou e... de volta... Agora vá alcançar ele!...

O estranho fenômeno estava explicado, e sua fantasmagoria desapareceu. O medo se foi e pude continuar o meu caminho.

***

Outro pavor dos bons eu tive de experimentar quando certa vez, no começo da primavera, voltava de uma caçada ao voo. Era ao lusco-fusco do entardecer. O caminho do bosque estava coberto de poças da chuva que acabara de cair, e o chão escorregava debaixo dos pés. Um clarão escarlate atravessava o bosque todo, tingindo os troncos brancos das bétulas e a folhagem fresca. Eu estava cansado e mal me movia.

A umas cinco-seis verstás de casa, passando pelo caminho da mata, encontrei-me inopinadamente com um grande cão branco, da raça dos terra-novas. Passando por mim a correr, o cão fitou-me fixamente, bem no rosto, e continuou a corrida.

"Um bom cachorro", pensei, "de quem será?"

Olhei para trás. O cão estava parado a dez passos de distância e não tirava os olhos de mim. Durante um minuto, ficamos nos examinando mutuamente em silêncio, depois o cão, decerto lisonjeado pela minha atenção, aproximou-se lentamente e começou a abanar o rabo...

Continuei a andar. O cão atrás de mim.

"De quem será este cão?", perguntava-me eu. "De onde veio?" No raio de trinta-quarenta verstás, eu conhecia todos os proprietários e conhecia os seus cães. Nenhum deles possuía um terra-nova desses. De onde, então, ele poderia ter surgido aqui, no mato cerrado, na estrada pela qual nunca ninguém passava e onde só se carregava lenha? Ele não podia ter-se desgarrado de algum viajante de passagem, porque por esta estrada os senhores não tinham para onde ir.

Sentei-me num toco para descansar e comecei a examinar o meu acompanhante. Ele sentou-se também, levantou a cabeça e dirigiu-me um olhar fixo... Ele olhava sem piscar. Não sei se por influência do silêncio, das sombras do bosque e dos sons, ou, quem sabe, em consequência da minha fadiga, o olhar fixo dos simples olhos caninos de repente me deu medo. Lembrei-me do Fausto e do seu buldogue, e de que as pessoas nervosas, por causa do cansaço, às vezes sofrem alucinações. Isso foi suficiente para que eu me levantasse depressa e, rápido, continuasse a caminhar. O terra-nova atrás de mim...

– Passa, vai! – gritei.

O cão, ao que parece, agradou-se da minha voz, porque deu um salto alegre e correu na minha frente.

– Vai embora! – gritei-lhe, mais uma vez.

O cão olhou para trás, fitou-me fixamente e pôs-se a abanar a cauda, alegre. Aparentemente, o meu tom ameaçador o divertia. Eu deveria ter-lhe feito um agrado, mas o buldogue de Fausto não me saía da cabeça, e a sensação de pavor ficava cada vez mais e mais aguda... Começava a escurecer, o que me perturbou duma vez, e cada vez que o cão chegava perto de mim e me roçava com a cauda, eu fechava os olhos, pusilânime. Repetiu-se a mesma história da luzinha no campanário e do vagão, eu não aguentei e desandei a correr...

Chegando em casa, encontrei lá um visitante, velho amigo, que, após os cumprimentos, começou a queixar-se de que, enquanto vinha de carro para a minha casa, atrapalhara-se no bosque e perdera de vista um bom e caro cachorro.

Champanha – Relato de um velhaco

No ano em que começa a minha história, eu trabalhava como chefe de uma pequena estação numa das nossas estradas de ferro do Sudoeste. Se a minha vida naquela parada de trem era alegre ou triste, pode-se concluir do fato de que numa extensão de vinte verstás não havia uma única habitação humana, nem uma só mulher, nem ao menos um botequim decente. E eu, naquele tempo, era jovem, vigoroso, ardente, desatinado e tolo. Como única distração, só me podiam servir as janelas dos trens de passageiros e a vodca ordinária à qual os judeus* misturavam estramônio. Acontecia-me às vezes vislumbrar pela janela de um vagão uma cabecinha feminina, e então eu ficava petrificado como uma estátua, seguindo o trem com os olhos até que ele se transformasse num ponto quase invisível. Ou, então, eu bebia aquela vodca repugnante, ficava estuporado e já não sentia a passagem das longas horas e dias. Nativo do Norte que sou, a estepe agia sobre mim como uma espécie de cemitério tártaro abandonado. No verão, com o seu silêncio majestoso – esse crepitar monótono dos grilos, a luz transparente do luar, do qual não havia como se esconder –, ela me enchia de melancolia desconsolada, e no verão a sua alvura imaculada, a sua gélida lonjura, as longas noites e o uivar dos lobos me deprimiam como um medonho pesadelo.

---

* Na Rússia da época, grande parte dos concessionários da venda de bebidas alcoólicas era composta de judeus – uma das poucas atividades que lhes eram permitidas. (N.T.)

Na estação viviam algumas pessoas: eu e minha mulher, um telegrafista surdo e escrofuloso e três guarda-freios. O meu assistente, um jovem tuberculoso, ia tratar-se na cidade, onde permanecia por meses inteiros, delegando-me as suas obrigações, junto com o direito de usar o seu ordenado. Eu não tinha filhos; visitantes, era impossível atraí-los à minha casa, mesmo com bolo de mel, e quanto a mim, eu só podia sair para visitar colegas da linha, e mesmo isso não mais que uma vez por mês. Enfim, a mais enfadonha das vidas.

Lembro-me, comemorávamos o Ano-Novo, minha mulher e eu. Sentados à mesa, mastigávamos preguiçosamente e ouvíamos no compartimento vizinho as batidas monótonas do telegrafista surdo no seu aparelho. Eu já esvaziara uns cinco cálices de vodca com estramônio e, com a cabeça pesada apoiada no punho, pensava no meu invencível, irremediável tédio, enquanto minha mulher, sentada ao meu lado, não tirava os olhos de mim. Ela me fitava de um modo como só pode olhar uma mulher que não possui nada no mundo além de um belo marido. Ela me amava perdidamente, como uma escrava, e não só a minha beleza ou a minha alma, mas os meus pecados, minha raiva e meu tédio, e até a minha crueldade, quando, presa de fúria embriagada, sem saber em que descontar a minha raiva, eu a torturava com reproches.

Apesar do tédio que me corroía, nós nos preparávamos para comemorar o Ano-Novo com excepcional solenidade e aguardávamos a meia-noite com certa impaciência. Acontece que havíamos guardado duas garrafas de champanha, da mais autêntica, com o rótulo da viúva Clicquot; esse tesouro, eu o ganhara numa aposta, ainda no outono, do chefe, festejando um batizado na sua casa. Acontece às vezes que, durante uma aula de matemática, quando até o ar se congela de tédio, do lado de fora entra na classe uma borboleta; os garotos sacodem as cabeças e começam a observar curiosamente o voo do inseto, como se vissem à sua frente não uma borboleta mas algo novo e estranho; do mesmo modo, distraía-nos aquela simples champanha, que fora parar por acaso em nossa enfadonha parada de trem. Calados, relanceávamos olhares, ora para o relógio, ora para as garrafas.

Quando o ponteiro mostrava cinco para a meia-noite, comecei a abrir, lentamente, a garrafa. Não sei se eu estava enfraquecido pela vodca, ou se a garrafa estava úmida demais: só me recordo de que, quando a rolha saltou para o teto com um estalo, a minha garrafa escorregou-me das mãos e caiu ao chão. Perdeu-se não mais de um copo, pois tive tempo de segurar a garrafa e tampar-lhe o gargalo espumante com o dedo.

– Então, feliz Ano-Novo, felicidades! – disse eu, enchendo dois copos – Bebe!

Minha mulher pegou o seu copo e fitou-me com olhos assustados. Seu rosto empalidecera e exprimia terror.

– Deixaste cair a garrafa? – perguntou ela.

– Sim, deixei cair. E daí, o que é que tem isso?

– Não é bom – disse ela, pondo o seu copo na mesa e empalidecendo mais ainda. – É mau sinal. Significa que neste ano vai nos acontecer alguma coisa ruim.

– Mas que mulherzinha que és! – suspirei. – Uma mulher inteligente, delirando como uma velha babá. Bebe.

– Oxalá eu esteja delirando, mas... alguma coisa vai acontecer, sem falta! Ainda verás!

Ela nem levou seu copo aos lábios, afastou-se para um lado e ficou pensativa. Eu disse algumas frases surradas sobre os preconceitos, esvaziei meia garrafa, dei alguns passos de um canto para outro e saí.

Fora, em toda a sua beleza fria e solitária, instalara-se

a noite gelada e tranquila. A lua, com duas nuvenzinhas felpudas ao lado, imóvel, como que colada no céu, pendia no alto bem por cima da estação, como à espera de alguma coisa. Emitia uma luz leve e transparente, que tocava a terra branca delicadamente, como se temesse envergonhar-lhe a pureza, iluminando tudo: os bancos de neve, o aterro... Reinava o silêncio.

Eu caminhava ao longo do aterro.

"Que mulher tola!", pensava eu, olhando para o céu salpicado de estrelas faiscantes. "Mesmo que admitamos que os sinais às vezes dizem a verdade, o que de ruim pode acontecer conosco? As desgraças que já experimentamos e que estão presentes agora são tão grandes, que é difícil imaginar algo ainda pior. Que mal ainda se pode causar ao peixe que já está pescado, frito e servido à mesa, ao molho?"

Um álamo alto, coberto de geada, surgiu na penumbra azulada, como um gigante envolto numa mortalha. Ele fitou-me tristonho e taciturno, como se, tal qual eu mesmo, compreendesse a sua solidão. Olhei-o longamente.

"Minha mocidade perdeu-se como uma ponta de cigarro fumada e inútil", continuava eu meus pensamentos. "Meus pais morreram quando eu ainda era uma criança, fui expulso do ginásio. Nasci numa família de fidalgos, mas não recebi nem educação nem instrução, e não possuo mais conhecimentos do que qualquer mecânico. Não tenho nem asilo, nem parentes, nem amigos, nem trabalho que eu ame. Não tenho qualquer qualificação, e na flor da idade só servi para ser usado para tapar o lugar de um chefe de parada de trem. Não conheci nada na vida além de fracassos e desgostos. O que mais pode me acontecer de ruim?"

Ao longe surgiram luzes vermelhas. Um trem vinha-me ao encontro. A estepe adormecida escutava o seu ruído. Meus pensamentos eram tão amargos, que me parecia estar pensando em voz alta, que o gemido do telégrafo e o ruído do trem transmitiam os meus pensamentos.

"O que mais de ruim pode me acontecer? Perder a mulher?", perguntava-me eu. "Nem isso é assustador. Não é possível esconder-me da própria consciência: não amo a minha mulher! Casei-me com ela, ainda quase garoto. Agora sou jovem, forte, enquanto ela está abatida, envelhecida, atoleimada, cheia de preconceitos dos pés à cabeça. O que há de bom no seu amor adocicado, seu peito murcho, seu olhar fanado? Eu a tolero, mas não a amo. O que pode acontecer, então? A minha juventude se perde, como se diz, por uma pitada de tabaco. As mulheres só brilham para mim de passagem, nas janelas dos vagões, como estrelas cadentes. Amor, não houve nem há agora. Perece a minha virilidade, minha ousadia, minha cordialidade... Tudo se perde, como lixo, e as minhas riquezas, aqui na estepe, valem um copeque furado."

O trem passou voando por mim, ruidoso e indiferente, iluminando-me por um momento com as suas janelas vermelhas. Eu o vi parar junto às luzes verdes da estação, deter-se durante um minuto e rodar em frente. Tendo caminhado por umas duas verstás, voltei para trás. Os pensamentos tristes não me deixavam. Por mais amargura que sentisse, lembro-me de que eu como que me esforçava para que meus pensamentos fossem ainda mais tristes e sombrios. Sabe, há pessoas medíocres e egocêntricas que em certos momentos, quando a consciência de que são infelizes lhes causa um certo prazer, até se coqueteiam perante si mesmas com os seus sofrimentos. Havia muita verdade nos meus pensamentos, mas também havia muito de absurdo, jactancioso, e havia algo de infantil e provocador na minha pergunta: "O que me pode acontecer de ruim?".

"Sim, o que acontecerá?", perguntava-me eu, voltando. "Parece que tudo já foi sofrido. Já estive doente, já perdi dinheiro, e ouço censuras dos meus superiores todos os dias, e passo fome, e um lobo hidrófobo já invadiu o pátio da estação. O que mais? Já fui ofendido, humilhado... e eu também já ofendi na minha vida. Só se for que eu nunca fui criminoso, mas acho que não sou capaz de cometer um crime, e nem temo a justiça."

As duas nuvenzinhas já se afastavam da lua e ficavam à distância, com a aparência de estarem cochichando sobre algo que a lua deveria saber. Uma brisa ligeira correu pela estepe, trazendo o ruído surdo do trem que partira.

Minha mulher esperava-me à porta da casa. Seus olhos riam alegremente e todo o seu rosto respirava prazer.

– Temos novidade em casa! – sussurrou ela. – Vai depressa para o teu quarto e pega o casaco novo: temos uma hóspede!

– Que hóspede?

– Agora mesmo chegou no trem a minha tia Natália Pietróvna.

– Que Natália Pietróvna?

– A mulher do meu tio Semión Fiódoritch. Não a conheces. Ela é muito gentil e bondosa...

Decerto eu fiz uma carranca, porque o rosto de minha mulher ficou sério e ela começou a cochichar depressa:

– De fato, é estranho que ela tenha vindo, mas tu, Nicolai, não te zangues, encare isso com condescendência. Pois ela é infeliz. Meu tio Semión Fiódoritch é realmente mau, é um déspota, é difícil conviver com ele. Ela diz que só ficará aqui conosco por três dias, até receber uma carta do seu irmão.

Minha mulher ficou ainda me cochichando longamente toda sorte de asneiras sobre o seu tio déspota, sobre a fraqueza humana em geral e sobre jovens esposas em particular, sobre o nosso dever de dar asilo a todos, mesmo aos grandes pecadores, e por aí além. Não entendendo literalmente nada, envergui meu casaco novo e fui travar conhecimento com a "titia".

À mesa estava sentada uma mulher miúda com grandes olhos negros. Minha mesa, as paredes cinzentas, o divã rústico... Parecia que tudo, até o mínimo grão de poeira, rejuvenescera e se alegrara na presença daquela criatura, nova, jovem, que exalava um perfume estranho, belo e vicioso. E que a hóspede era viciosa, eu compreendi pelo seu sorriso, pelo perfume, pela maneira especial de olhar e de piscar os cílios, pelo tom que ela usava ao falar com a minha mulher – uma mulher séria... Não foi preciso que ela me contasse que fugira do marido, que seu marido é um déspota e um velho, que ela é bondosa e alegre. Compreendi tudo ao primeiro olhar, e duvido que na Europa ainda existam homens que não saibam distinguir, ao primeiro olhar, uma mulher de um determinado temperamento.

– E eu que não sabia que tinha um sobrinho tão forte! – disse a tia, estendendo-me a mão e sorrindo.

– E eu não sabia que tinha uma tia tão graciosa! – disse eu.

A ceia recomeçou. A rolha saltou com um estalo da segunda garrafa, a minha tia tomou meio copo de um só gole, e quando minha mulher se afastou por um minuto, a tia já perdera a cerimônia e esvaziou um copo inteiro. Fiquei embriagado tanto pelo vinho como pela presença da mulher. Lembra-se da romanza?

Olhos negros, apaixonados,
Olhos ardentes, olhos belos,

Como eu vos amo,
Como vos temo!

Não me recordo do que aconteceu depois. Quem quiser saber como começa o amor, que leia romances e longas novelas, mas eu só direi pouca coisa, e com as palavras da mesma e tola romanza:

Em má hora eu vos encontrei...

Tudo se foi para o diabo, de ponta-cabeça. Lembro-me do terrível, do louco turbilhão que me envolveu e me arrastou como a uma pluma. Ele me arrastou por muito tempo, e apagou da face da terra a minha mulher, a própria tia e as minhas forças. E da estação de parada de trem na estepe, como pode ver, ele me jogou nesta ruela escura.
Agora diga: o que mais de ruim pode me acontecer?

Velhice

O conselheiro de Estado Uzielkóv, arquiteto, chegou à sua cidade natal, para onde fora requisitado a fim de restaurar a igreja do cemitério. Nessa cidade ele nascera, estudara, crescera e se casara, mas, ao descer do trem, ele mal a reconheceu. Tudo havia mudado... Dezoito anos atrás, quando ele se transferira para Petersburgo, no lugar onde agora se localizava a estação ferroviária, por exemplo, os garotos caçavam marmotas; agora, no começo da rua principal ergue-se o prédio de quatro andares do Hotel Viena, onde naquela época se estendia uma feia cerca cinzenta. Mas nem as cercas, nem as casas, nada mudara tanto como as pessoas. Interrogando o porteiro, Uzielkóv ficou sabendo que mais da metade das pessoas de quem ele se lembrava já haviam morrido, empobrecido ou sido esquecidas.

— E de Uzielkóv, tu te lembras? – perguntou ele ao porteiro sobre si mesmo. – Uzielkóv, o arquiteto, que se divorciou da mulher... Ele ainda tinha uma casa na rua Svirebéivskaia... Decerto te lembras!

— Não, senhor, não lembro...

— Mas como não lembra! Foi um processo ruidoso, até os cocheiros todos sabiam de tudo. Tenta recordar! O divórcio foi feito pelo advogado Chápkin, o velhaco... conhecido trapaceiro, aquele mesmo que levou uma surra no clube...

— Iván Nicoláitch?

— Sim, ele mesmo... Então, ele está vivo? Morreu?

– Está vivo, sim senhor, graças a Deus. Ele agora é tabelião, tem um escritório. Vive bem. Duas casas na rua Kirpítchnaia. Recentemente casou uma filha...

Uzielkóv deu alguns passos de um canto para o outro, pensou um pouco e decidiu, de puro tédio, encontrar-se com Chápkin. Quando saiu do hotel e começou a caminhar lentamente para a rua Kirpítchnaia, era meio-dia. Encontrou Chápkin no seu escritório e quase não o reconheceu. Do outrora esbelto e ágil causídico, de fisionomia móvel, impudente e sempre ébria, Chápkin transformara-se num modesto, grisalho e frágil ancião.

– O senhor não me reconhece, esqueceu-me... – começou Uzielkóv. – Eu sou o seu antigo cliente, Uzielkóv...

– Uzielkóv? Qual Uzielkóv? Ahh!

Chápkin lembrou-se, reconheceu-o e ficou aturdido. Choveram exclamações, perguntas, recordações.

– Eu não esperava! Nunca pensei! – cacarejava Chápkin. – O que posso servir-lhe? Aceita champanha? Quem sabe gostaria de umas ostras? Meu querido, quanto dinheirinho eu lhe tomei naquele tempo, e agora nem sei como recebê-lo...

– Por favor, não se preocupe – disse Uzielkóv. – Eu não tenho tempo. Preciso logo ir ao cemitério, examinar a igreja. Aceitei uma obra.

– Tanto melhor! Comeremos, beberemos um pouco e iremos juntos. Tenho cavalos excelentes! Vou levá-lo e apresentá-lo ao responsável... Vou arranjar tudo... Mas o que é isso, meu anjo, está me estranhando, como se tivesse receio? Sente-se mais perto, agora já não há nada a temer... He, he... Antigamente eu era de fato um sujeito astuto, um tipo arteiro, ninguém se chegasse... mas agora estou mais quieto que a água, mais baixo que a grama; envelheci, tornei-me homem de família... tenho filhos. É tempo de morrer!

Os amigos comeram e beberam alguma coisa, e, puxados por uma parelha de cavalos, dirigiram-se aos arredores da cidade, ao cemitério.

– Sim, aquele foi um tempinho! – recordava-se Chápkin, sentado no trenó. – A gente se recorda e nem acredita. Lembra-se de quando se divorciava da sua esposa? Já lá se vão quase vinte anos, vai ver que já esqueceu tudo, mas eu me recordo como se fosse ontem, de como eu fiz o seu divórcio. Meu Deus, como eu perturbei e me aproveitei! Eu era um rapaz esperto, um casuísta, chicaneiro, cabeça levada da breca. E sempre procurava me agarrar a qualquer processo casuístico, especialmente quando os honorários eram bons, como por exemplo no seu caso. Quanto foi que me pagou naquela época? Cinco, seis mil rublos! Como não ficar perturbado? O senhor mudou-se para Petersburgo e largou o processo todo nas minhas mãos: faça como bem entender! E a sua falecida esposa, Sófia Mikháilovna, apesar de vir de uma casa de comerciantes, era orgulhosa, cheia de amor-próprio. Suborná-la para que tomasse a culpa sobre si foi difícil... muito difícil mesmo! Às vezes eu chegava à casa dela para as negociações, e ela, assim que me via, gritava para a criada: "Macha, eu não te disse para não receber canalhas?". Eu tentei dum jeito e de outro... enviei-lhe cartas, procurei arranjar para encontrar-me com ela por acaso – nada feito! Tive de agir através de uma terceira pessoa. Fiquei às voltas com ela durante muito tempo e só quando o senhor concordou em dar-lhe dez mil rublos, só então ela cedeu... – Não conseguiu resistir diante dos dez mil rublos... Prorrompeu em pranto, cuspiu-me no rosto, mas concordou, aceitou a culpa!

– Se bem me lembro, ela me tomou não dez, mas quinze mil rublos – disse Uzielkóv.

– Sim, sim... foram quinze, enganei-me! – encabulou Chápkin. – De resto, são águas passadas, não adianta fugir... Eu dei a ela dez mil, e os cinco mil restantes eu arranquei do senhor para mim mesmo. Enganei-os aos dois... Coisas do passado, não há de que se envergonhar... E de quem eu iria arrancá-los, Bóris Pietróvitch, senão do senhor? – julgue por si... O senhor era um homem rico, farto... Casou-se de alegre e de alegre se divorciou. Ganhava fortunas... lembro-me de que por um único contrato abocanhou vinte mil. De quem eu iria puxar, então, senão do senhor? E devo confessar, ainda, que me roía a inveja... Quando o senhor cobra um preço alto, todos tiram o chapéu, enquanto que eu, por causa de uns rublos, eu era surrado, levava bofetadas no clube... Mas para que lembrar isso! É tempo de esquecer.

– Diga-me, por favor, como viveu Sófia Mikháilovna depois?

– Com os dez milhares? Malissimamente... Quem sabe lá se foi um frenesi que a pegou, ou a consciência e o orgulho que a torturavam por ter se vendido a troco de dinheiro, ou quem sabe ela o amava, só que, sabe, ela começou a beber... Recebeu o dinheiro e lá se foi a passear de troica com os oficiais... Bebedeiras, farras, deboche... Às vezes ela entrava numa taverna com algum oficial, e não é que pedisse um vinho do Porto ou algo de mais leve, o que ela queria eram umas talagadas de conhaque do forte, para que ardesse, que a atordoasse.

– Sim, ela era excêntrica... Sofri um bocado com ela. Ofendia-se a qualquer pretexto e ficava nervosa... E depois, o que aconteceu?

– Passou uma semana, outra... Eu estava em casa, escrevendo alguma coisa. De repente, abre-se a porta e ela entra... Embriagada. "Pegue, diz ela, tome de volta o seu maldito dinheiro!" e atirou-me o pacote de notas na cara.

Não aguentou! Eu juntei o dinheiro, contei... faltavam quinhentos. Foi só o que ela teve tempo de esbanjar.

– E o que o senhor fez com o dinheiro?

– São coisas do passado... Não há por que ocultar... Claro que fiquei com ele! Por que me olha assim? Espere só para ver o que veio depois... Todo um romance, coisa de psiquiatria! Uns dois meses depois, cheguei em casa no meio da noite, bêbado, ruim. Acendo a luz e vejo, sentada no meu divã, Sófia Mikháilovna, também bêbada, destrambelhada, como que fugida do manicômio... "Entregue-me", diz ela, "devolva-me o meu dinheiro, eu mudei de ideia. Se é para cair, é melhor cair duma vez, com tudo! Ande, mexa-se, canalha, entregue o dinheiro!" Indecoroso!

– E o senhor... devolveu?

– Dei-lhe, se me lembro, dez rublos.

– Mas, será possível uma coisa dessas? – Uzielkóv fez uma careta. – Se o senhor não podia ou não queria dar-lhe o dinheiro, escrevesse para mim, sei lá... E eu que não sabia! Eu não sabia!

– Meu querido, para que eu iria escrever, se ela mesma lhe escreveu, mais tarde, quando estava no hospital?

– Na verdade, naquele tempo eu andava tão ocupado com o meu novo casamento, tão envolvido, que não estava para cartas... Mas o senhor, uma pessoa de fora, o senhor não nutria antipatia por Sófia... Por que não lhe estendeu uma mão?

– Não se pode medir com as medidas de agora, Bóris Pietróvitch. Agora pensamos assim, mas naquele tempo pensávamos de modo bem diferente... Agora, quem sabe, eu lhe daria até mesmo mil rublos, mas então, mesmo aqueles dez... e não os entreguei de graça... História feia! É melhor esquecer... Mas eis que já chegamos...

O trenó parou diante do portão do cemitério. Uzielkóv e Chápkin apearam do trenó, entraram pelo portão e encaminharam-se pela longa e larga alameda. As cerejeiras e as acácias desnudadas, as cruzes cinzentas e os túmulos cintilavam, prateados de geada. Em cada floco de neve refletia-se o dia claro e ensolarado. Havia no ar um cheiro, o cheiro que paira em geral em todos os cemitérios: de incenso e terra recém-revolvida...

– Bonitinho, o nosso cemitério – disse Uzielkóv. – É todo um jardim!

– Sim, mas é pena que os ladrões roubem os monumentos... Veja, ali, atrás daquele monumento de ferro fundido, está enterrada Sófia Mikháilovna. Quer olhar?

Os amigos viraram à direita e dirigiram-se pela neve funda ao monumento de ferro fundido.

– É aqui... – disse Chápkin, mostrando um pequeno monumento de mármore branco. – Um sargento qualquer colocou esta pedra na sua sepultura.

Uzielkóv tirou lentamente o gorro e exibiu sua calva ao sol. Chápkin, vendo-o, também removeu o gorro, e outra calva brilhou ao sol. O silêncio em volta era sepulcral, como se o próprio ar estivesse morto. Os amigos olhavam para o monumento, calados e pensativos.

– Ela dorme tranquila! – Chápkin quebrou o silêncio. – E não lhe importa que assumiu a culpa, nem que bebeu conhaque. Confesse, Bóris Pietróvitch!

– O quê? – perguntou Uzielkóv, taciturno.

– Isso aí... Por muito repugnante que seja o passado, ele é melhor do que isto.

E Chápkin mostrou as suas cãs.

– Antes, eu pensava na hora da morte... Se me encontrasse com a morte, acho que eu lhe daria dez pontos adiantados, mas agora... Ora, para que falar!

Uzielkóv foi tomado de tristeza. De repente, teve vontade de chorar, apaixonadamente, como outrora desejara amar... E sentia que esse pranto lhe sairia delicioso, refrescante. Seus olhos já marejavam de água, um bolo já se formava na garganta, mas... ao seu lado estava Chápkin, e Uzielkóv envergonhou-se de mostrar fraqueza diante de uma testemunha. Deu meia-volta rápida e encaminhou-se para a igreja.

Somente duas horas mais tarde, tendo falado com o encarregado e examinado a igreja, ele aproveitou um minutinho, quando Chápkin conversava com o sacerdote, e afastou-se correndo, para chorar... Aproximou-se do monumento sorrateiramente, como um ladrão, olhando para trás a todo momento. O pequenino monumento branco fitava-o pensativo, triste e tão inocentemente, como se debaixo dele jazesse uma garotinha e não uma devassa esposa divorciada.

"Chorar, chorar!", pensava Uzielkóv.

Mas o momento de chorar já estava perdido. Por mais que o velho piscasse os olhos, por mais que se esforçasse, as lágrimas não corriam, e o bolo não apertava a garganta... Após esperar por uns dez minutos, Uzielkóv fez um gesto de desânimo e foi procurar Chápkin.

O homem no estojo

Bem na beira da aldeia de Mironósitski, no galpão do stárosta* Procófi, acomodaram-se para o pernoite os caçadores retardatários. Eram apenas dois: o médico-veterinário Iván Ivánitch e o professor de ginásio Búrkin. Iván Ivánitch tinha um sobrenome duplo bastante estranho – Tchimchá-Guimaláiski –, que não lhe assentava de todo, e em toda a província ele era chamado simplesmente pelo nome e patronímico. Morava perto da cidade, na coudelaria, e vinha agora para a caçada, a fim de respirar um pouco de ar puro. Já o professor de ginásio Búrkin hospedava-se a cada verão com os condes P. e, nessa região, já havia muito era pessoa familiar.

Eles não dormiam. Iván Ivánitch, um velho alto e magro de longos bigodes, estava sentado do lado de fora, junto da porta, fumando o seu cachimbo; a lua o iluminava. Búrkin estava dentro, deitado sobre a palha, e não era visível na escuridão.

Contavam toda sorte de histórias. A propósito, falavam que a mulher do stárosta, Mavra, uma mulher sadia e nada tola, nunca saíra, em toda a sua vida, da sua aldeia natal, nunca vira nem a cidade, nem a estrada de ferro, e passara os últimos dez anos sentada atrás do fogão e só à noite saía para a rua.

– E o que há de estranho nisso? – disse Búrkin. – Gente solitária por natureza que, como o bernardo-eremita

---
* Espécie de líder comunitário na Rússia e na Ucrânia. (N.E.)

ou o caramujo, procura ficar na sua casca, existe muita no mundo. Pode ser que haja aqui um fenômeno de atavismo, uma volta àquele tempo em que o antepassado do homem ainda não era um animal social e vivia solitário na sua caverna, e pode ser que isso seja simplesmente uma das variantes do caráter humano – quem o sabe? Não sou um naturalista e não me cabe tocar nessa espécie de questão; eu só quero dizer que gente como a Mavra não constitui um fenômeno raro. Por exemplo, nem é preciso procurar longe, faz uns dois meses morreu na nossa cidade um certo Biélikov, professor de grego, meu companheiro. O senhor decerto ouviu falar dele. Ele era notável pelo fato de que sempre, mesmo com tempo muito bom, saía de galochas, de guarda-chuva e, invariavelmente, trajando um sobretudo quente forrado de algodão e estofado. Trazia o guarda-chuva dentro da bainha, e o relógio, num estojo de camurça cinzenta, e, quando tirava do bolso o canivete para apontar o lápis, até o canivete estava dentro duma bainha; e o seu próprio rosto parecia estar dentro de um forro, porque ele o escondia o tempo todo dentro de uma gola levantada. Usava óculos escuros, suéter de lã, tapava os ouvidos com algodão e, quando tomava uma carruagem de aluguel, sempre mandava levantar a capota. Numa palavra, observava-se nesse homem uma constante e invencível ânsia de se envolver num invólucro, criar para si mesmo, por assim dizer, um estojo que o isolasse e o protegesse de influências externas. A realidade o irritava, assustava-o, mantinha-o num estado de constante inquietação e, quiçá para justificar essa sua timidez, havia a sua repugnância pelo presente; ele sempre louvava o passado e aquilo que nunca existiu. E os idiomas antigos que ele lecionava eram na realidade para ele as mesmas galochas e guarda-chuva, nos quais se escondia a vida real.

– Ó, como é sonora, como é bela a língua grega! – dizia ele com expressão deliciada; e, como que em prova das suas palavras, apertava os olhos e, erguendo um dedo, pronunciava: – Antropos!

Também o seu pensamento, Biélikov procurava guardar num estojo. Claros para ele eram tão somente as circulares e os artigos de jornal nos quais se proibia alguma coisa. Quando numa circular proibia-se aos alunos sair para as ruas depois das nove horas da noite, ou em algum artigo proibia-se o amor carnal, isto para ele ficava claro, definido: é proibido e basta. Na permissão e na licença, porém, sempre ocultava-se para ele um elemento duvidoso, algo indeterminado e vago. Quando na cidade permitiam um grupo dramático de amadores, ou um círculo de leitura, ou uma casa de chá, ele balançava a cabeça e dizia baixinho:

– Claro, naturalmente é assim, tudo isso é muito bom, mas tomara que não aconteça alguma coisa.

Qualquer espécie de infração, transgressão ou desvio das regras levavam-no à depressão, embora, aparentemente, que lhe importaria? Se algum dos companheiros atrasava-se para a reza, ou chegava-lhe aos ouvidos alguma travessura dos ginasianos, ou um boato de que uma monitora de classe fora vista à noite com um oficial, ele ficava muito perturbado e repetia: tomara que não aconteça alguma coisa. E nas reuniões pedagógicas ele simplesmente nos oprimia com suas cautelas, suas cismas e suas considerações puramente "de estojo" a respeito de que, presumivelmente, a juventude comporta-se mal nos ginásios feminino e masculino, que faz muito barulho nas classes – ai, que alguma coisa não chegue ao conhecimento da direção, ai, tomara que não aconteça alguma coisa –, e que talvez fosse muito bom expulsar o Pietróv da segunda série e o Iegórov da quarta. E o que acontecia?

Com seus suspiros e queixumes, com seus óculos escuros no rosto pálido e pequeno – sabe, um rosto pequeno, como de uma fuinha –, ele nos pressionava a todos, e nós cedíamos, diminuíamos as notas de comportamento de Iegórov e Pietróv, deixávamos os dois presos e, finalmente, expulsávamos Pietróv e Iegórov. Ele tinha um costume estranho – visitar os nossos alojamentos. Chegava em casa de um dos mestres, sentava-se e ficava calado, como se estivesse observando alguma coisa. Ficava sentado, assim calado, por uma hora ou duas, e ia embora. A isso ele chamava "sustentar as boas relações com os companheiros" e, ao que parece, fazer-nos essas visitas e ficar lá sentado era-lhe penoso, e ele fazia isso somente porque o considerava sua obrigação de colega. Nós, professores, o temíamos. Até mesmo o diretor o temia. Pois veja só, nossos professores são gente pensante, profundamente correta, educada lendo Turguêniev e Chtchiêdrin e, no entanto, essa pessoa, que andava sempre de galochas e guarda-chuva, segurava nas mãos todo o ginásio durante quinze anos inteiros! Mas qual ginásio? A cidade inteira! As nossas senhoras, aos sábados, não realizavam espetáculos domésticos, com receio de que ele ficasse sabendo; e o clero acanhava-se de, na sua presença, comer carne e jogar baralho. Sob a influência de gente como Biélikov, na nossa cidade, nos últimos dez-quinze anos, começou-se a ter medo de tudo. Medo de falar alto, de mandar cartas, de entabular novas relações, de ler livros, medo de ajudar os pobres, de alfabetizar.

Iván Ivánitch, querendo dizer algo, pigarreou, mas antes acendeu o cachimbo, olhou para a lua e só depois falou pesadamente:

– Sim. Os pensantes, os corretos, leem Chtchiêdrin, e Turguêniev, e toda a sorte de outros autores etc., e no entanto submetiam-se, aguentavam... Aí é que está, assim é.

— Biélikov morava no mesmo edifício que eu – continuou Búrkin –, no mesmo pavimento, uma porta em frente da outra, nós nos víamos com frequência, e eu conhecia a sua vida doméstica. E em casa era a mesma história: roupão, gorro, trincos e toda uma série de proibições e limitações diversas e – ai, que não aconteça alguma coisa! Comer carne magra faz mal, mas a gorda não pode, porque podem dizer que Biélikov não observa os jejuns, e ele comia perca na manteiga – um alimento não de jejum, mas também não se pode dizer que de carne. Não tinha serviçais do sexo feminino, de receio que pensassem mal dele, mas conservava o cozinheiro Afanássi, velho de uns sessenta anos, não muito sóbrio e meio retardado, que servira em outros tempos como ordenança e sabia cozinhar um pouco. Esse Afanássi ficava geralmente parado junto da porta e sempre murmurava o mesmo, com um suspiro profundo:

— Muitos "deles" proliferam hoje em dia!

O dormitório de Biélikov era pequeno, como um caixote. A cama, de cortinado. Ao se deitar para dormir, ele puxava o cobertor sobre a cabeça; era quente, abafado, o vento batia na porta fechada, a estufa zumbia; ouviam-se suspiros da cozinha, suspiros sinistros...

E ele sentia medo debaixo do cobertor. Tinha medo de que acontecesse alguma coisa, de que Afanássi o esfaqueasse, de que ladrões penetrassem na casa, e depois tinha sonhos perturbadores a noite toda, e de manhã, quando íamos juntos para o ginásio, ele estava abatido, pálido, e via-se que o populoso ginásio para onde ele ia era assustador, contrário a todo o seu ser, e que andar ao meu lado era penoso para ele, um homem solitário por natureza.

— Fazem muito barulho nas nossas classes – dizia ele, como que procurando uma explicação para o seu mal-estar. – Não tem cabimento.

E esse professor de grego, esse homem no estojo, imagine só, quase que se casou.

Iván Ivánitch lançou um rápido olhar para dentro do galpão e disse:

— Está brincando!

— Sim, ele quase casou, por estranho que pareça. Foi-nos nomeado um novo professor de História e Geografia, um tal Koválenko, dos ucranianos. Ele não chegou sozinho, mas com a irmã Várienka. Ele é jovem, alto, moreno, de mãos enormes, e vê-se pelo rosto que tem voz de baixo e, de fato, sua voz como que sai de um tonel: bu-bu-bu... E ela já não é jovem, uns trinta anos, mas também é alta, esguia, de negras sobrancelhas, faces rosadas – numa palavra, não uma rapariga, mas um doce, e tão espontânea, ruidosa, sempre cantando romanzas ucranianas e rindo às gargalhadas. Por qualquer coisa, ela desandava em cascatas de riso: ha ha ha! O nosso primeiro contato básico com os Koválenko, lembro-me, aconteceu no aniversário do diretor. No meio dos sisudos, tensamente enfadonhos pedagogos, que até para um aniversário vão por obrigação, vimos de repente uma nova afrodite nascendo da espuma: caminha de mão na cintura, ri alto, canta, dança... Ela cantou com sentimento *Sopram os ventos*, e depois mais uma romanza e mais uma, e nos encantou a todos – a todos, até ao Biélikov. Ele sentou-se ao seu lado e disse, com um sorriso adocicado:

— O idioma da Malorússia lembra, por sua suavidade e sonoridade, o grego antigo.

Isto a lisonjeou, e ela começou a contar-lhe, com sentimento e convicção, que na região de Gadiátchsky ela tem uma herdade, e na herdade vive a mãezinha, e lá há frutas. Que peras! Que melões! Que berinjelas! Ali as abóboras são chamadas *kabaki*, e as berinjelas, *chinki*, e o *borchtch* é cozido com legumes vermelhinhos e azuizinhos, "tão gostoso, tão gostoso, que é um horror!".

Escutávamos, e escutávamos, e de repente tivemos todos a mesma ideia.

– Seria uma coisa boa casá-los – disse-me baixinho a mulher do diretor.

E todos, não sei por quê, lembramo-nos de que Biélikov não era casado, e parecia-nos agora estranho que nós, até agora, como que não tivéssemos reparado, deixamos escapar uma circunstância tão importante na sua vida. Como é que ele se relaciona com as mulheres em geral, como resolve consigo esse problema essencial? Antes isso não nos interessava de todo; nós quiçá nem sequer admitíamos o pensamento de que um homem que anda de galochas com qualquer tempo e dorme numa cama de cortinado pudesse amar.

– Ele há muito que já passou dos quarenta, e ela tem trinta – esclareceu sua ideia a mulher do diretor –, eu acho que ela se casaria com ele.

O que é que não se faz na nossa província por tédio, tanta coisa desnecessária, absurda! E isso porque não se faz aquilo que é necessário. Senão, veja, para que achamos de repente que era preciso casar esse Biélikov, a quem não dava sequer para imaginar casado? A diretora, a inspetora e todas as nossas professoras do ginásio reanimaram-se, ficaram até mais bonitas, como se de súbito descobrissem a meta da vida. A diretora aluga um camarote no teatro, e eis que no camarote com ela está Várienka, com um desses leques, radiante e feliz, e ao seu lado Biélikov, miúdo, retorcido, como se o tivessem arrancado de casa com tenazes. Eu ofereço uma festinha, e as senhoras exigem que eu convide sem falta tanto o Biélikov como Várienka. Numa palavra, a máquina pôs-se em movimento. Descobriu-se que Várienka não se opunha à ideia de casar. Viver com o irmão não lhe era muito agradável; só se sabia que eles discutiam e altercavam o dia inteiro. Aqui tem uma cena: Koválenko caminha pela rua, grandalhão, alto e robusto, de camisa bordada, o topete escapando do boné sobre a testa; numa das mãos, um pacote de livros; na outra, uma bengala grossa e nodosa. Atrás dele vai a irmã, também carregando livros.

– Mas você, Mikháilik, não leu isto aqui! – discute ela em voz alta. – Eu lhe digo, eu juro, você não leu isto de todo!

– Pois eu lhe digo que li! – grita Koválenko, batendo com a bengala na calçada.

– Ai, meu Deus, Mínchik! Por que você se zanga, se a nossa conversa é meramente em princípio!

– Mas eu lhe digo que não li! – grita Koválenko ainda mais alto.

E em casa, assim que alguém de fora está presente, há escaramuça. Essa vida, naturalmente, já a cansou; tinha vontade de ter o seu próprio canto, e também era preciso levar em conta a idade; aqui já não dá para escolher muito, aceita-se qualquer um, até um professor de grego. Sem falar que para as nossas senhoritas tanto faz com quem, desde que case. Como quer que fosse, Várienka começou a demonstrar para com o nosso Biélikov uma pronunciada benevolência.

E Biélikov? Ele visitava os Koválenko do mesmo jeito que a nós. Chegava lá, sentava-se e ficava calado. Ele fica calado e Várienka lhe canta *Sopram os ventos*, ou fita-o pensativa com seus olhos escuros, ou de repente prorrompe em gargalhadas:

– Ha ha ha!

Em assuntos de amor, e principalmente de casamento, a influência desempenha um grande papel. Todos – tanto os companheiros como as senhoras – começaram a assegurar a Biélikov que ele precisa casar-se, que não lhe resta mais nada na vida a não ser casar; todos nos congratulávamos com ele, dizíamos de cara solene toda sorte de banalidades, do tipo, por exemplo, que o casamento é um passo sério, e que, além disso, Várienka não era nada feia, era interessante, era filha de um conselheiro estatal e dona de uma herdade e, o mais importante, era a primeira mulher que o tratava afável e cordialmente, e ele ficou tonto da cabeça e decidiu que realmente precisava casar-se.

– Era agora que deveriam tirar-lhe as galochas e o guarda-chuva – proferiu Iván Ivánitch.

– Pois imagine que isto resultou impossível. Ele colocou na sua mesa um retrato de Várienka e ficava me fazendo visitas, falando de Várienka, da vida familiar, de que o casamento é um passo sério; visitava os Koválenko com frequência, mas não mudou seu modo de viver nem um pouco. Até pelo contrário, a decisão de casar-se fez sobre ele um efeito como que doloroso, ele emagreceu, empalideceu e aparentemente afundou-se ainda mais no seu estojo.

– Varvára Sávichna me agrada – dizia-me ele com um débil sorrisinho torto –, e eu sei, casar é indispensável para cada pessoa, mas... tudo isso, sabe, aconteceu assim de repente... É preciso pensar um pouco.

– O que há aqui para pensar? – digo-lhe eu. – Case-se e pronto.

– Não, o casamento é um passo sério, é preciso antes ponderar as obrigações iminentes, a responsabilidade... que não aconteça alguma coisa. Isso me preocupa tanto, eu agora não durmo todas as noites. E confesso que tenho receio: ela e o irmão têm um modo de pensar um tanto estranho, eles raciocinam, sabe, de um jeito estranho, e o caráter é muito agitado. A gente se casa e depois, quem sabe, vai parar em alguma história.

E ele não fazia o pedido, ficava adiando, para grande desgosto da mulher do diretor e de todas as nossas damas; sempre ponderando as obrigações e responsabilidades iminentes, e nesse ínterim passeava quase todos os dias com Várienka, quiçá pensava que assim é que era preciso na sua situação, e vinha visitar-me a fim de conversar sobre a vida familiar. E provavelmente ele acabaria fazendo o pedido e teria lugar um daqueles casamentos tolos e desnecessários que entre nós, de tanto tédio e falta do que fazer, realizam-se aos milhares, se de repente não acontecesse um *kolossalische Skandal**. Carece dizer que o irmão de Várienka, Koválenko, detestou Biélikov desde o dia em que foram apresentados e não o suportava.

– Não entendo – dizia-nos ele, dando de ombros –, não entendo como vocês conseguem aguentar esse fiscal, essa carantonha repulsiva. Ora, senhores, como é que vocês podem viver aqui! A atmosfera aqui entre vocês é sufocante, nojenta. Então vocês são pedagogos, professores? Vocês são uns puxa-postos; o que vocês têm não é um templo de ciência, mas um tribunal de moral e bons costumes, até fede azedo como uma guarita policial. Não, amigos, eu moro aqui com vocês, mais um pouco e volto para a minha herdade, para caçar lagostas e ensinar os moleques de lá. Vou-me embora, e vocês fiquem aqui com o seu judas, ele que arrebente.

Ou então ele ria, gargalhava até as lágrimas ora em voz de baixo, ora em voz fininha e guinchante, e me perguntava, com um gesto das mãos:

– Pra que ele fica sentado na minha casa? De que precisa? Senta-se e fica olhando.

Ele até apelidou Biélikov de "aranha". E, naturalmente, nós evitávamos falar com ele que sua irmã Várienka estava disposta a aceitar o "aranha". E quando um dia a mulher do diretor lhe fez uma alusão a como seria

---

* Escândalo colossal, em alemão no original. (N.T.)

bom acomodar sua irmã junto a um homem tão sério e respeitado por todos como Biélikov, ele franziu o cenho e resmungou:

– Não é da minha conta. Ela que se case com uma víbora, se quiser, mas eu não gosto de me imiscuir nos assuntos alheios.

Agora ouça o que veio depois. Um gaiato qualquer desenhou uma caricatura: Biélikov andando de galochas, calças arregaçadas, debaixo do guarda-chuva e de braço dado com Várenka; embaixo, a legenda: "Antropos enamorado". A expressão, sabe, foi captada admiravelmente. O artista decerto trabalhou mais de uma noite, porque todos os professores do ginásio masculino e feminino, os mestres do seminário, os funcionários, todos receberam um exemplar. E Biélikov também o recebeu. A caricatura causou-lhe a mais deprimente das impressões.

Saímos juntos da casa – era Primeiro de Maio, um domingo, e todos nós, mestres e ginasianos, combinamos uma reunião junto ao ginásio, para depois irmos juntos, a pé, para fora da cidade, ao bosque –, saímos, e ele está verde, mais sombrio que uma nuvem.

– Como existem pessoas más e perversas! – articulou ele, e seus lábios começaram a tremer.

Eu até senti pena dele. Estávamos andando e de repente, imagine só, lá vem rodando de bicicleta o Koválenko, e atrás dele Várenka, também de bicicleta, vermelha, cansada, mas alegre e feliz.

– Pois nós aqui – grita ela – vamos na frente! O tempo está tão lindo, mas tão lindo, que é um horror!

E sumiram ambos. O meu Biélikov, de verde que estava ficou branco e como que petrificado. Parou, a olhar para mim...

– Perdão, mas o que é isso? – perguntou ele. – Ou quem sabe é uma ilusão de ótica? Então é decente que professores de ginásio e mulheres andem de bicicleta?

– O que há de indecente nisso? – disse eu. – Eles que rodem em boa paz.

– Mas como é possível? – exclamou ele, atônito com a minha calma. – O que está dizendo?

E ele estava tão chocado que não quis continuar o passeio e voltou para casa.

No dia seguinte, ele esfregava as mãos nervosamente o tempo todo e estremecia, e via-se pelo seu rosto que ele sentia-se mal. E ele abandonou as aulas, o que lhe acontecia pela primeira vez na vida. E ao entardecer ele agasalhou-se mais, apesar de o tempo lá fora estar bem estival, e arrastou-se até os Koválenko. Várienka não estava em casa, e ele encontrou apenas o irmão.

– Sente-se, por obséquio – pronunciou Koválenko friamente e franziu o cenho; seu rosto estava sonolento, ele acabava de acordar da sesta depois do almoço e estava muito mal-humorado.

Biélikov ficou sentado em silêncio durante uns dez minutos e começou:

– Eu vim aqui para aliviar minha alma. Sinto-me muito, muito deprimido. Um engraçadinho qualquer me desenhou em forma ridícula, a mim e a outra pessoa, chegada a nós dois. Considero meu dever garantir-lhe que eu não tenho nada com isso... Eu não dei nenhum motivo para semelhante zombaria, pelo contrário, eu sempre me comportei como uma pessoa inteiramente correta.

Koválenko continuava enfarruscado e silencioso. Biélikov esperou um pouco e continuou em voz baixa e tristonha:

– E eu tenho mais uma coisa a dizer-lhe. Eu estou no serviço há muito tempo, e o senhor está apenas começando a servir, e julgo meu dever, como um companheiro mais velho, preveni-lo. O senhor passeia de bicicleta, e isso é um divertimento totalmente inadmissível para um educador da juventude.

– E por que isso? – perguntou Koválenko com voz de baixo.

– Mas será que ainda é preciso explicar, Mikháil Sávitch, será que não é compreensível? Se o professor fica rodando de bicicleta, o que então resta para os alunos? Resta-lhes somente andar de cabeça para baixo! E uma vez que isto não foi permitido em circular, então é proibido. Ontem eu fiquei estarrecido! Quando eu vi a sua irmã, escureceu-me a vista! Uma mulher ou uma moça de bicicleta – isto é terrível!

– E o que o senhor deseja, afinal de contas?

– Desejo apenas uma coisa: adverti-lo para que se acautele, Mikháil Sávitch. O senhor é um homem jovem, tem um futuro pela frente, é preciso comportar-se com muito, muito cuidado, o senhor já é muito negligente, oh, como é negligente! Anda de camisa bordada, sempre na rua com certos livros, e agora também a bicicleta. Isso do senhor e sua irmã andarem de bicicleta chegará ao conhecimento do diretor, depois do curador... Será bom isso?

– Se eu e minha irmã passeamos de bicicleta, isso não é da conta de ninguém! – disse Koválenko e ficou vermelho. – E aquele que se imiscuir nos meus assuntos domésticos e familiares, eu o mandarei ao diabo que o carregue!

Biélikov empalideceu e levantou-se:

– Se o senhor fala comigo nesse tom, eu não posso continuar – disse ele. – E peço-lhe que nunca se expresse dessa forma a respeito dos superiores na minha presença. O senhor deve referir-se às autoridades respeitosamente.

– E eu disse alguma coisa de ruim sobre as autoridades? – perguntou Koválenko, fitando-o com raiva. – Por favor, deixe-me em paz. Sou um homem honesto e não desejo falar com um indivíduo como o senhor. Não gosto de fiscais.

Biélikov começou a agitar-se nervosamente e a se vestir depressa com uma expressão de horror no rosto. Pois era a primeira vez na sua vida que ouvia semelhantes grosserias.

– Pode dizer o que quiser – disse ele, saindo do vestíbulo para o patamar da escada. – Eu só devo preveni-lo: pode ser que alguém nos tenha ouvido e, para que não distorçam a nossa conversa e não aconteça alguma coisa, eu terei de comunicar ao senhor diretor os termos da nossa conversa... nos seus traços principais. É minha obrigação fazê-lo.

– Comunicar? Pois vai, comunica!

Koválenko agarrou-o por trás pelo colarinho e deu-lhe um tranco, e Biélikov rolou escada abaixo, batendo nos degraus com as suas galochas. A escada era alta, íngreme, mas ele rolou até embaixo incólume, levantou-se e apalpou o nariz: os óculos ficaram inteiros. Mas justamente na hora em que ele rolava a escada, entrou Várienka, e com ela duas senhoras; elas ficaram lá embaixo, olhando, e isto para Biélikov era o mais terrível. Melhor seria, parece, quebrar o pescoço e ambas as pernas do que se tornar alvo de zombaria: pois agora toda a cidade ficará sabendo, isto chegará até o diretor, até o curador – ai, que não aconteça alguma coisa! –, pintarão outra caricatura e com tudo isso ele acabará recebendo ordens para pedir demissão...

Quando ele se levantou, Várienka o reconheceu e, olhando para o seu rosto ridículo, o sobretudo amarrotado, as galochas, e, sem entender do que se tratava, supondo que ele caíra sozinho, sem querer, não se conteve e prorrompeu em gargalhadas que se ouviam em todo o prédio:

– Ha ha ha!

E com esse cascateante e melodioso "ha ha ha!" terminou tudo: tanto os planos matrimoniais como a existência terrena de Biélikov. Ele já não ouvia o que Várienka dizia, e não enxergava nada. Voltando para casa, ele tirou, em primeiro lugar, o retrato da mesa e depois deitou-se e não se levantou mais.

Uns três dias depois, o Afanássi procurou-me, perguntando se não seria bom mandar buscar um médico, pois alguma coisa estava acontecendo com o patrão. Fui ver Biélikov. Ele jazia sob o cortinado, debaixo do cobertor, em silêncio: às perguntas ele só respondia sim ou não – e nem mais um som. Ele está deitado, e em volta vagueia o Afanássi, taciturno, carrancudo, com profundos suspiros; e tresandando a vodca, como um botequim.

Um mês depois Biélikov morreu. Nós o enterramos, todos nós, isto é, ambos os ginásios e o seminário. Agora, dentro do caixão, a sua expressão era cândida, agradável, até alegre, como se estivesse contente porque finalmente o puseram dentro dum estojo, do qual ele já não sairá nunca mais. Sim, ele atingiu o seu ideal! E, como que em sua homenagem, na hora do enterro fazia um tempo brusco e chuvoso, e todos nós estávamos de galochas e guarda-chuvas. Várienka também veio ao enterro e, quando o caixão baixou à sepultura, deu uma choradinha. Eu notei que as ucranianas só choram ou dão gargalhadas, não dispondo de um estado de espírito intermediário.

Confesso que sepultar pessoas como Biélikov é um grande prazer. Quando voltávamos do cemitério, ostentávamos expressões modestas e neutras; ninguém queria demonstrar esse momento de satisfação – um sentimento parecido com aquele que experimentávamos havia muito, muito tempo, ainda na infância, quando os adultos saíam de casa e nós corríamos pelo jardim uma hora ou duas, deliciando-nos com a liberdade completa. Ah, liberdade, liberdade! Até uma alusão, até uma débil esperança da sua possibilidade empresta asas à alma, não é verdade?

Voltamos do cemitério com boa disposição. Não passou mais de uma semana e a vida retomou o curso antigo, uma vida igualmente áspera, cansativa e sem sentido, não proibida por circulares, mas nem tampouco permitida totalmente; não ficou melhor. E, de fato, Biélikov foi enterrado, mas quantos sobraram desses homens no estojo, quantos mais ainda virão a existir!

– Pois é, assim são as coisas – disse Iván Ivánitch e acendeu o cachimbo.

– Quantos mais deles ainda virão a existir! – repetiu Búrkin.

O professor do ginásio saiu do galpão. Era um homem de pequena estatura, gordo, totalmente calvo, de barba negra até quase a cintura; e com ele saíram dois cães.

– A lua, mas que lua! – disse ele, olhando para cima.

Já era meia-noite. À direita, via-se a aldeia toda, a rua comprida estendia-se para longe, por umas cinco verstás. Tudo estava mergulhado num sono misterioso e profundo; nem um movimento, nem um som, é difícil até acreditar que na natureza pode haver um silêncio assim. Quando, numa noite de luar, se vê uma larga rua de aldeia, com suas izbás, montes de feno, salgueiros adormecidos, faz-se um silêncio dentro d'alma; nesse seu repouso, oculta nas sombras da noite dos labores, preocupações e desgraças, ela é cândida, triste, bela, e parece que até as estrelas olham para ela com carinho e encantamento, e que já não existe o mal na terra, e que tudo está bem. À esquerda, na beira da aldeia, começava o campo; ele era visível bem longe, até o horizonte, e em toda a vastidão desse campo, inundado de luar, também nada se movia, nem um som.

– Pois é, assim são as coisas – repetiu Iván Ivánitch. – Mas será que isto de nós vivermos na cidade, no abafamento e no aperto, escrevermos papéis desnecessários, jogarmos baralho, será que isto também não é um estojo? E que nós passamos a vida no meio de desocupados, chicaneiros, mulheres tolas e ociosas, falamos e ouvimos toda sorte de bobagens, isto não será também um estojo? Olhe, se quiser, eu lhe conto uma história muito instrutiva.

– Não, já é hora de dormir – disse Búrkin. – Até amanhã.

Ambos entraram no galpão e deitaram-se sobre a palha. E ambos rapidamente se cobriram e começaram a cochilar, quando de repente ouviram-se uns passos leves: tup, tup... Alguém andava perto do galpão; passa, para um pouco, e um minuto depois, novamente: tup, tup... Os cães começaram a rosnar.

– É a Mavra que está andando – disse Búrkin.

Os passos silenciaram.

– Ver e ouvir como mentem – disse Iván Ivánitch, virando-se sobre o outro lado –, e depois te chamam de bobo, porque toleras essas mentiras; suportar ofensas, humilhações, não se atrever a declarar abertamente que estás do lado das pessoas honestas e livres, e mentires tu mesmo, sorrir, e tudo por causa de um pedaço de pão, por causa de um canto quente, por causa de um titulozinho qualquer, que não vale um centavo – não, não é mais possível viver assim!

– Ora, isto já vem de outra ópera, Iván Ivánitch – disse o professor. – Vamos dormir.

E uns dez minutos depois, Búrkin já dormia. Mas Iván Ivánitch rolava de um lado para outro e suspirava, e depois levantou-se, saiu para fora e, sentado diante da porta, acendeu seu cachimbinho.

Um homem extraordinário

Passa de meia-noite. Diante da porta da Mária Pietróvna Kóchkina, parteira-solteirona, para um senhor alto, de cartola e redingote de capuz. Na escuridão outonal não se pode distinguir nem o rosto nem as mãos, mas já na maneira de pigarrear e de puxar a campainha percebe-se seriedade, positividade e uma certa autoridade. Após o terceiro toque, a porta se abre e aparece a própria Mária Pietróvna. Por cima da saia branca, ela jogou um casaco masculino. A pequena lâmpada de abajur verde que ela tem nas mãos tinge de verde o seu rosto sardento, amarrotado de sono, o pescoço venoso e os cabelinhos ralos e aloirados que lhe escapam de sob a touca.

– Posso falar com a parteira? – pergunta o cavalheiro.

– Sou eu mesma a parteira. O que deseja?

O cavalheiro entra no vestíbulo, e Mária Pietróvna vê à sua frente um homem alto e bem-proporcionado, já não jovem mas de rosto bonito e severo e suíças felpudas.

– Sou o assessor colegiado Kiriákov – diz ele. – Vim procurá-la para a minha mulher. Mas o mais depressa possível, por favor.

– Está bem... – concorda a parteira. – Já vou me vestir, enquanto o senhor tem a bondade de me esperar na sala.

Kiriákov tira o redingote e entra na sala. A luz verde da lâmpada cai fracamente sobre a mobília barata coberta de forros brancos remendados, sobre as pobres flores, os batentes pelos quais sobem heras... Há um odor de gerânio e fenol. Um reloginho de parede tiquetaqueia timidamente, como que embaraçado diante do homem estranho.

– Estou pronta, senhor! – diz Mária Pietróvna, entrando na sala uns cinco minutos mais tarde, já vestida, lavada e desperta. – Vamos indo?

– Sim, é preciso ir logo... – diz Kiriákov. – A propósito, uma pergunta necessária: quanto a senhora cobrará pelos seus serviços?

– Realmente, não sei... – sorri Mária Pietróvna, encabulada. – Quanto o senhor me der...

– Não, dessas coisas eu não gosto – diz Kiriákov, fitando a parteira com um olhar frio e imóvel. – Não preciso do que é seu, nem a senhora precisa do que é meu. Para evitar mal-entendidos, será mais sensato que combinemos antes.

– Mas, realmente, eu não sei... Não há um preço fixo.

– Eu mesmo trabalho e costumo dar valor ao trabalho alheio. Não gosto de injustiças. Para mim será igualmente desagradável se eu lhe pagar a menos ou se me cobrar a mais, e por isso insisto em que a senhora me diga o seu preço.

– Mas se existem preços diferentes!

– Hum!... Em vista das suas hesitações, que me são incompreensíveis, devo eu mesmo fixar o preço. Posso dar-lhe dois rublos.

– O que é isso, por favor... – diz Mária Pietróvna, recuando. – Eu fico até sem jeito... Para aceitar dois rublos, então já é melhor fazer de graça. Se quiser, por cinco rublos...

– Dois rublos, nem mais um copeque. Não preciso do que é seu, tampouco estou disposto a pagar em excesso.

– Como quiser, senhor. Mas por dois rublos eu não irei...

– Mas por lei a senhora não tem o direito de recusar.
– Pois não, eu irei de graça.
– De graça eu não quero. Todo trabalho tem de ser recompensado. Eu mesmo trabalho e compreendo...
– Por dois rublos eu não vou, senhor... – declara Mária Pietróvna mansamente. – Se quiser, de graça...
– Neste caso lamento muito tê-la incomodado inutilmente... Tenho a honra de me despedir.
– Como o senhor é, realmente... – diz a parteira, acompanhando Kiriákov até o vestíbulo. – Se faz tanta questão, pois não, eu irei por três rublos.

Kiriákov franze o cenho e pensa por dois minutos inteiros, olhando concentradamente para o chão, depois diz um "não!" resoluto e sai para a rua. A perplexa e constrangida parteira tranca a porta atrás dele e volta para o seu dormitório.

"É bonito, imponente, mas como é esquisito, por Deus...", pensa ela, deitando-se.

Mas não passa nem meia hora, quando a campainha torna a soar; ela se levanta e vê no vestíbulo o mesmo Kiriákov.

– Estranha desorganização! – diz ele. – Nem na farmácia, nem os policiais, nem os caseiros, ninguém conhece endereços de parteiras, e desta forma eu me vejo colocado diante da necessidade de concordar com as suas condições. Eu lhe darei os três rublos, mas... advirto-a de que ao contratar empregados e ao fazer uso de qualquer tipo de serviço eu combino de antemão que no ato do pagamento não haja conversas sobre acréscimos, gorjetas etc. Cada um deve receber o seu.

Mária Pietróvna escuta Kiriákov faz pouco tempo, mas sente que já está farta dele, que ele lhe é repulsivo, que o seu discurso plano e comedido deita-se como um peso sobre a sua alma. Ela se veste e sai com ele para a rua.

O ar está silencioso, mas tão frio e enfarruscado que mal se podem ver até mesmo as luzes dos postes de iluminação. Debaixo dos pés a lama soluça. A parteira fixa os olhos, mas não vê carruagem...

– Não deve ser longe? – pergunta ela.

– Não é longe – responde Kiriákov, taciturno.

Eles passam por uma travessa, outra, a terceira... Kiriákov marcha, e até no seu andar mostra-se a positividade e a autoridade.

– Que tempo horroroso! – puxa conversa a parteira.

Mas ele se cala solidamente e visivelmente procura pisar nas pedras lisas, para não estragar as galochas. Finalmente, após longa caminhada, a parteira entra no vestíbulo; dali vê-se uma grande sala, decentemente arrumada. Nos quartos, até mesmo no dormitório onde está deitada a parturiente, nem vivalma... Parentes e velhotas, que pululam em qualquer recinto de parto, aqui estão ausentes. Agita-se como uma condenada apenas uma cozinheira de cara obtusa e assustada. Ouvem-se gemidos altos.

Passam-se três horas. Mária Pietróvna está ao lado da cama da parturiente, cochichando alguma coisa. As duas mulheres já tiveram tempo de travarem conhecimento, de se reconhecerem, de tagarelarem, suspirarem...

– A senhora não pode falar! – preocupa-se a parteira, mas ela mesma não para de despejar perguntas.

Mas eis que se abre a porta e, quieto, ponderado, entra no quarto o próprio Kiriákov. Senta-se numa cadeira e alisa as suíças. Faz-se um silêncio... Mária Pietróvna lança olhares tímidos para o seu rosto bonito mas inexpressivo como madeira e espera que ele comece a falar. Mas ele permanece obstinadamente calado, pensando em alguma coisa. A espera é inútil, e a parteira decide ela mesma começar a conversa e pronuncia uma frase que geralmente se diz durante os partos:

– Pois é, graças a Deus, há um ser humano a mais no mundo!

– Sim, é agradável – diz Kiriákov, conservando a expressão de madeira do rosto –, se bem que, por outro lado, para se ter filhos supérfluos, é preciso possuir dinheiro supérfluo. Uma criança não nasce alimentada e vestida.

No rosto da parturiente surge uma expressão culpada, como se ela tivesse posto no mundo um ser vivo sem permissão ou por puro capricho. Kiriákov levanta-se com um suspiro e sai ponderadamente.

– Mas como ele é com a senhora, por Deus... – diz a parteira à parturiente. – Tão severo e não sorri.

A parturiente conta que ele, o marido, é sempre assim... honesto, justo, ponderado, sensatamente econômico, mas tudo isso em dimensões tão extraordinárias, que os simples mortais sentem-se sufocados. Os parentes afastaram-se dele, os criados não param mais do que um mês, conhecidos não há, a mulher e os filhos estão sempre tensos de medo com cada um dos seus passos. Ele não bate, não grita, tem muito mais virtudes que defeitos, mas quando ele sai de casa, todos se sentem mais leves e saudáveis. Por que razão isto é assim a própria parturiente não é capaz de compreender.

– É preciso limpar bem as bacias e guardá-las na despensa – diz Kiriákov, tornando a entrar no dormitório. – Estes vidros também é preciso guardá-los, podem vir a ser úteis.

O que ele diz é muito simples e comezinho, mas a parteira sente um estranho mal-estar. Ela começa a ter medo desse homem e estremece toda vez que ouve os seus passos. De manhã, preparando-se para partir, ela vê na sala de jantar o filho pequeno de Kiriákov, um ginasiano pálido de cabeça raspada, tomando chá... De pé, diante dele, está Kiriákov e fala com a sua voz pausada e igual:

– Você sabe comer, pois saiba também trabalhar. Agora mesmo você deu um gole, mas não pensou, decerto, que esse gole custa dinheiro, e o dinheiro se consegue trabalhando. Pois coma e pense...

A parteira olha para o rosto sem expressão do menino e parece-lhe que até o ar está pesado, que mais um pouco e as paredes ruirão, não suportando a presença opressiva do homem extraordinário. Fora de si de medo e já sentindo um forte ódio por esse homem, Mária Pietróvna apanha suas trouxinhas e sai apressadamente.

No meio do caminho, lembra-se de que esqueceu de receber os seus três rublos, mas, depois de parar e pensar um pouco, faz um gesto de desistência com a mão e continua a caminhar.

No asilo para velhos e doentes incuráveis

Todo sábado ao anoitecer, a ginasiana Sacha Eniákina, menina miúda e escrofulosa, de sapatos furados, vai com a sua mãe para o Asilo de N. para doentes incuráveis e idosos. Lá vive o seu próprio vovô, Parfêni Sávitch, tenente da guarda reformado. No quarto do vovô há um cheiro abafado de óleo de madeira. Pendurados nas paredes, uns quadros feios: uma banhista recortada da revista *Niva*, ninfas aquecendo-se ao sol, um homem de cartola na nuca, espiando uma mulher nua por uma fresta etc. Teias de aranha pelos cantos, sobre a mesa, migalhas e escamas de peixe... E o próprio vovô também não tem um aspecto atraente. Ele é velho, corcunda e cheira tabaco desleixadamente. Seus olhos lacrimejam, a boca desdentada está sempre aberta. Quando Sacha entra com a mãe, o vovô sorri, e esse sorriso é parecido com uma grande ruga.

– Então, como é? – pergunta o vovô, enquanto Sacha lhe beija a mão. – Que tal o teu pai?

Sacha não responde. A mamãe começa a chorar silenciosamente.

– Ele continua pelos botequins tocando piano? Pois, pois... Tudo isso é por causa da desobediência, da soberba... Casou-se com esta tua mãe aqui, e... saiu bobeado... sim... Um fidalgo, filho de pai nobre, mas casou-se com "tfu", com ela, esta aqui... atriz, filha do Seriójka... O Seriójka, comigo, trabalhava de clarinetista e limpava as cavalariças... Chora, chora, mãezinha! Eu estou dizendo a verdade... Grossa eras e grossa continuas sendo!...

Olhando para a mãe, a atriz filha de Seriójka, Sacha, também começa a chorar. Instala-se uma pausa pesada e temerosa... Um velhinho de perna de pau traz um pequeno samovar de metal vermelho. Parfêni Sávitch despeja na chaleira uma pitada de um chá esquisito, muito graúdo e muito cinzento, e faz a infusão.

– Bebam! – diz ele, enchendo três grandes xícaras. – Bebe, atriz!

As visitantes seguram as xícaras nas mãos... O chá é ruim, tem cheiro de mofo, mas não se pode deixar de beber: o vovô ficará ofendido... Depois do chá, Parfêni Savitch põe a neta no colo e, fitando-a com lacrimoso enternecimento, começa a acariciá-la...

– Tu, neta, és de família ilustre... Não esqueças... O nosso não é o sangue de um ator qualquer... Não repares que estou na miséria e que teu pai anda tilintando pianos pelos botequins. Teu pai, é por causa da rebeldia, do orgulho, e eu, é por causa da pobreza, mas nós somos importantes. Pergunta só quem eu fui! Ficarás espantada!

E o vovô, afagando com a mão ossuda a cabecinha de Sacha, conta:

– Em toda a nossa província só havia três homens importantes: o conde Iégor Grigóritch, o governador e eu. Nós éramos os primeiríssimos e principalíssimos... Eu não era rico, minha neta... Tudo o que eu tinha eram umas cinco mil diessiastinas de terrinha miserável e umas seiscentas almas mortais* – e mais besteira nenhuma. Eu não tinha ligações com generais nem parentela da nobreza. Eu raro era nem escritor, nem algum Rafael, nem filósofo... E, no entanto – escuta, minha neta! –, eu não tirava o chapéu diante de ninguém, tratava o governador por Vássia, apertava a mão do reverendíssimo e era o melhor amigo do conde Iégor Grigóritch. E tudo

---

* Almas – Escravos, servos da gleba. (N.T.)

porque eu sabia viver como pessoa instruída, na maneira de pensar europeia...

Após o longo prefácio, o vovô conta sobre a sua vida e costumes do passado... Ele fala longamente, com entusiasmo.

– Eu costumava pôr as camponesas de joelhos sobre ervilhas, para elas fazerem caretas – balbucia ele –, entre outras coisas. A mulher franze a cara, e o mujique acha graça... Os mujiques riem, e a gente acaba rindo também e ficando alegre... Para os que sabiam ler, eu tinha outro castigo, mais suave. Ou obrigava-os a decorar um livro de contabilidade, ou então mandava-os subir no telhado e de lá ler *Iuri Miloslavski;* mas ler de modo que eu ouvisse tudo no meu quarto... Se o espiritual não funcionava, funcionava o corporal...

Tendo contado a respeito da disciplina, sem a qual, segundo as suas palavras, "o ser humano é semelhante à teoria sem a prática", ele observa que ao castigo deve ser contraposto o prêmio.

– Por atos de muita coragem, como, por exemplo, apanhar um ladrão, eu recompensava bem: os velhos eu casava com mocinhas, livrava os moços do recrutamento etc.

O vovô divertia-se nos bons tempos, como "hoje em dia ninguém se diverte":

– Músicos e cantores, apesar dos meus recursos exíguos, eu tinha seiscentas cabeças. Quem dirigia a minha música era um judeu, e a cantoria, um diácono desfradado... O judeu era um grande musicista... Nem o diabo tocaria tão bem como ele tocava, o maldito. No contrabaixo, às vezes, o desgraçado executava tamanhos "equívoquis", que nem um Rubinstein ou um Beethoven, por exemplo, conseguiriam fazer no violino... Ele estudou notas no estrangeiro, musiqueava todos os instrumentos e era mestre em abanar as mãos. Só tinha um defeito: fedia a peixe passado e estragava a decoração com a sua fealdade. Durante as festas, por essa razão, era preciso colocá-lo atrás de um biombozinho... O desfradado também não era bobo: conhecia notas e também sabia mandar. Com ele, a disciplina estava num ponto tal que até eu me espantava. Ele conseguia tudo. Com ele, o baixo às vezes cantava de soprano, e uma campônia rivalizava com um baixo profundo na grossura da voz... Era um mestre, o bandido... De aspecto importante, digno... Só que bebia muito, mas isto, minha neta, depende de cada um... Para um é nocivo, para outro é até benéfico. Um cantante tem de beber, porque a vodca deixa a voz mais espessa... Ao judeu eu pagava cem rublos em papel-moeda por ano, mas ao desfradado eu não pagava nada... Ele vivia só de pensão comigo, e recebia remuneração em espécie: grão, sal, carne, meninas, lenha etc. Lá comigo ele tinha uma vida de gosto, embora eu o surrasse frequentemente... Lembro-me de uma vez em que eu os peguei, a ele e ao Seriójka, o pai desta aqui, tua mãe, e...

Súbito, Sacha levanta-se de sopetão e abraça-se à mãe, que está pálida como um lençol, tremendo um pouco...

– Mamãe, vamos para casa... estou com medo!
– E de que tens medo, minha neta?

O avô aproxima-se da neta, mas esta vira a cabeça para outro lado, treme e abraça-se à mãe com mais força.

– Ela decerto está com dor na cabecinha – diz a mãe com voz de quem se desculpa. – Já está na hora de ela dormir... Adeus...

Antes de sair, a mãe de Sacha aproxima-se do vovô e corando sussurra-lhe alguma coisa no ouvido.

– Não dou! – resmunga o avô, franzindo as sobrancelhas e estalando os lábios. – Não darei nem um copeque! O pai dela que lhe arranje dinheiro para os sapatos, lá nos seus botequins, mas eu nem um copeque!... Chega de mimá-los! A gente lhes faz beneficência e não recebe nada em troca, nada além de cartas atrevidas. Decerto tu sabes que espécie de carta me mandou outro dia o teu maridinho... "Prefiro", escreve ele "andar vagando pelos botequins, apanhando migalhas, a rebaixar-me diante de Pliúchkin*..." Hein? E isto ao próprio pai!

– Mas o senhor o perdoe – diz a mãe de Sacha. – Ele é tão infeliz, tão nervoso...

Ela implora durante muito tempo. Afinal, o vovô dá uma cuspida irada, abre um bauzinho e, escondendo-o com o corpo inteiro, tira de dentro um papelzinho amarelo e muito amarrotado... A mulher pega o papelzinho com dois dedos e, como que temendo sujar-se, mete-o rapidamente no bolso... Um minuto depois, ela e a filha saem em marcha rápida pelo portão escuro do asilo.

– Mamãe, não me leve mais ao vovô! – treme Sacha. – Ele me dá medo.

– Não posso, Sacha... É preciso visitá-lo... Se nós não formos vê-lo, não teremos nada para comer... Teu pai não tem de onde tirar. Ele está doente e... bebe.

– Para que ele bebe, mamãe?

– É infeliz, por isso ele bebe... Mas tu, Sacha, olha lá, não lhe contes que nós fomos ver o vovô... Ele ficará zangado, e por causa disso tossirá muito... Ele é orgulhoso e não gosta que nós supliquemos... Não vais contar?

---

* Pliúchkin – Personagem de Gogol, protótipo do avarento desleixado. (N.T.)

História desagradável

– Tu, cocheiro, tens o coração untado de pixe. Tu, irmão, nunca estiveste apaixonado, e por isso não podes compreender a minha psique. Não pode esta chuva apagar o incêndio da minha alma, assim como é impossível a uma brigada de bombeiros apagar o sol. Com os diabos, como eu me expresso poeticamente! Mas tu, cocheiro, não és poeta, és?

– Não, senhor.

– Então aí está, estás vendo...

Jirkov apalpou, finalmente, no bolso o seu porta-notas e começou a pagar a corrida.

– Nós combinamos, amigo, por um rublo e um quarto. Receba os honorários. Aqui tens um rublo, aqui três gríveniks*. E cinco de gorjeta. Adeus, e lembre-se de mim. Aliás, antes, pegue este cesto e ponha sobre o degrau. E com cuidado, neste cesto está um vestido de baile da mulher que eu amo mais que a própria vida.

O cocheiro suspirou e desceu da boleia, de má vontade. Equilibrando-se no escuro e chapinhando na lama, carregou o cesto até a porta de entrada e deixou-o sobre o degrau da soleira.

– Eeee, tempinho! – resmungou ele reprovadoramente e, pigarreando com um suspiro, emitindo pelo nariz um som de soluço, encarapitou-se na boleia, de má vontade.

---

* Designação antiga de moeda divisionária. (N.T.)

Estalou os lábios, e a sua eguinha pôs-se a chapinhar na lama, insegura.

– Parece que tenho comigo tudo o que é necessário – ponderava Jirkov, apalpando o batente à procura da campainha. – Nádia pediu que eu passasse pela modista e pegasse o vestido – está aqui. "Eu te saúdo, asilo santo..." – cantarolou ele. – Mas com os diabos, onde está a campainha?

Jirkov encontrava-se no estado de espírito benevolente de um homem que jantou há pouco tempo, bebeu bem e sabe perfeitamente que amanhã não precisa acordar cedo. Em acréscimo, após uma viagem de uma hora e meia desde a cidade, pela lama e debaixo de chuva, aguardavam-no o calor e uma mulher jovem... É agradável ficar entanguido e molhado, quando se sabe que logo, logo se estará aquecido.

Jirkov agarrou no escuro o pingente da campainha e puxou duas vezes. Atrás da porta, ouviram-se passos.

– É o senhor, Dimítri Grigóritch? – perguntou um sussurro feminino.

– Sou eu, encantadora Duniácha! – respondeu Jirkov. – Abra depressa, senão fico molhado até os ossos.

– Ai, meu Deus! – sussurrou alvoroçada Duniácha abrindo a porta. – Não fale tão alto e não bata os pés. Pois o patrão voltou de Paris! Voltou hoje à tardinha!

À palavra "patrão", Jirkov recuou um passo da porta, e por um instante viu-se dominado por um medo pusilânime, bem de garoto, que às vezes é experimentado até por homens muito corajosos, quando inopinadamente se veem diante do inesperado de um encontro com o marido.

"Que história!", pensou ele, atentando aos grandes cuidados com que Duniácha trancava a porta e voltava pelo corredorzinho. "Mas o que é isto? Isto significa meia-volta volver! *Merci*, por esta eu não esperava!"

E tudo lhe pareceu de repente engraçado e alegre. Sua viagem para ir ter com "ela", da cidade para a casa de campo, na escuridão da noite e sob chuva torrencial, pareceu-lhe uma aventura divertida, e agora, quando ele tropeça no marido, essa aventura começa a parecer-lhe ainda mais curiosa.

– Que história mais interessante, por Deus! – disse ele consigo mesmo em voz alta. – Onde eu vou me meter agora? Voltar para a cidade?

Chovia, e o vento forte fazia farfalhar as árvores, mas no escuro não dava para ver nem a chuva nem as árvores. Como que dando risadinhas e caçoando maliciosamente, a água murmurava nas sarjetas e nos encanamentos. O degrau sobre o qual se encontrava Jirkov não tinha toldo, de modo que ele começou a ficar molhado de verdade.

"E ele haveria de chegar justamente com um tempo desses!", pensava ele, rindo. "O diabo que carregue todos os maridos!"

O seu romance com Nadiêjda Óssipovna começara um mês atrás, mas ele ainda não conhecia o marido. Ele só sabia que o seu marido era francês de nascença, de sobrenome Boiseau, e que trabalhava como caixeiro-viajante. A julgar pela fotografia que Jirkov havia visto, ele era um burguês de uns quarenta anos, bigodudo, de carantonha franco-soldadesca, e um aspecto que dava vontade de puxá-lo pelos bigodes e pela barbicha à la *Napoleón* e perguntar:

"Então, que há de novo, senhor sargento?"

Patinhando na lama líquida e tropeçando, Jirkov afastou-se um pouco para o lado e gritou:

– Cocheiro! Cocheeei-ro!!!

Não houve resposta.

– Nem voz e nem suspiro – resmungou Jirkov, voltando às apalpadelas para o degrau. – Despachei o meu cocheiro, e aqui nem de dia se encontram cocheiros. Mas que situação! Terei de esperar pela manhã! E o diabo, o cesto vai ficar molhado e o vestido ficará emporcalhado. Custou duzentos rublos... Que situação!

Pensando onde se esconder da chuva, com o cesto, Jirkov lembrou-se de que, na beira do povoado de veraneio, junto ao círculo de dança, havia um coreto para os músicos.

– E se eu for para o coreto? – perguntou-se ele. – É uma ideia! Mas será que eu consigo carregar a cesta até lá? É desajeitada, a maldita... O queijo e o ramalhete que vão para o diabo.

Ele soergueu a cesta, mas logo lembrou-se de que, até chegar ao coreto, o interior da cesta terá tempo de ficar encharcado cinco vezes.

– Sim senhor, que problema! – riu-se ele. – Papai do céu, a água me entrou pelos colarinhos! Brrrr!... Estou encharcado, entanguido, bêbado, não há cocheiro... só falta o marido pular para a rua e dar-me uma surra de bengala. Mas, afinal de contas, o que fazer? Não é possível ficar parado aqui até amanhecer, e também o vestido vai para o diabo... Já. Toco mais uma vez, entrego as coisas a Duniácha, e eu mesmo vou para o coreto.

Jirkov tocou a campainha com cuidado. Um minuto depois, ouviram-se passos atrás da porta e brilhou uma luz através do buraco da fechadura.

– Quem é? – perguntou uma voz masculina roufenha e de sotaque não-russo.

"Papai do céu, deve ser o marido", pensou Jirkov. "Preciso inventar uma mentira qualquer..."

– Escute – perguntou ele –, esta é a dátcha de Zliútchkin?

– O diabo te carregue, não tem Zliútchkin nenhuma aqui. Vai parra o demônio, com a tua Zliútchkin!

Jirkov, não se sabe por que, ficou encabulado, pigarreou com ar de culpa e afastou-se do degrau. Pisando numa poça e enchendo a galocha, ele cuspiu com raiva, mas logo recomeçou a rir. A sua aventura estava ficando mais e mais curiosa de minuto em minuto. Ele imaginava, com um prazer especial, como amanhã iria descrever aos companheiros, e à própria Nádia, a sua aventura, como arremedaria a voz do marido e o ranger das galochas... Os amigos decerto rebentariam de tanto rir.

"Só uma coisa é besta, o vestido vai ficar empapado!", pensava ele. "Não fosse esse vestido, há muito que eu já estaria dormindo no coreto."

Sentou-se sobre a cesta, para protegê-la da chuva com o corpo, mas da sua roupa e do chapéu encharcado escorreu mais água que do próprio céu.

– Tu, o diabo que te carregue!

Depois de ficar uma hora na chuva, Jirkov lembrou-se da sua saúde.

"Desse jeito, pode-se até apanhar uma febre", pensou ele. "Situação esquisita! E se eu tocar de novo? Hein? Palavra que vou tocar... Se o marido abrir, invento uma mentira qualquer e entrego-lhe o vestido... Não posso ficar parado aqui até amanhã! Ei, o que será, será! Toca!"

Com ímpeto juvenil, mostrando a língua à escuridão e à porta, Jirkov puxou a campainha. Passou-se um momento em silêncio. Ele puxou mais uma vez.

– Quem está aí? – perguntou a voz irritada com o sotaque.

– Aí mora Madame Buazô? – perguntou Jirkov respeitosamente.

– He-ein? Que diabo está querrendo?

– A modista madame Katiche mandou o vestido da senhora Buazô. Desculpe a hora tardia. Acontece que a senhora Buazô pediu para entregar o vestido o mais cedo possível... antes de amanhecer... Eu saí da cidade à noitinha, mas... o tempo está horroroso... quase que eu não chego... Eu não...

Jirkov não terminou, porque a porta abriu-se e diante dele, na soleira, à luz trêmula da lâmpada, surgiu *monsieur* Boiseau, igualzinho à fotografia, de carantonha de soldado e longos bigodes; só que na fotografia ele estava todo um janota, mas agora se apresentava só de camisola.

– Eu não queria incomodá-lo – continuou Jirkov –, mas madame Buazô pediu para mandar o vestido o mais cedo possível. Sou irmão de madame Katiche e... e ainda por cima o tempo está horrível.

– Está em ordem – disse Boiseau, movendo as sobrancelhas, taciturno e recebendo a cesta. – Agrradesça o seu irmã. Minha mulherr esperrou pela vestido até uma horra hoje. Um monsieur qualquerr prrometeu trrazê-lo.

– Tenha também a bondade de entregar o queijo e o ramalhete que a sua esposa esqueceu em casa de madame Katiche.

Boiseau recebeu o queijo e o ramalhete, cheirou um e outro e, sem fechar a porta, permaneceu em atitude de expectativa. Ele olhava para Jirkov, e Jirkov olhava para ele. Transcorreu um minuto em silêncio. Jirkov lembrou-se dos amigos aos quais amanhã iria contar a sua aventura e ficou com vontade, para completar a pilhéria, de armar alguma brincadeira mais engraçada. Mas a brincadeira não lhe vinha à cabeça, e o francês estava lá parado, esperando que ele fosse embora.

– Tempo horroroso! – balbuciou Jirkov. – Está tudo escuro, enlameado e molhado. Estou todo encharcado.

– Sim, monsieur, o senhorr está toda encharrcado.

– E ainda por cima, o meu cocheiro foi-se embora. Não sei onde me meter. O senhor seria muito gentil se me permitisse ficar aqui no vestíbulo até a chuva passar.

— Hein? Bien, monsieur. Tirre os galochas e venha aqui. Não faz mal, isto pode.

O francês trancou a porta e introduziu Jirkov na pequena e bem conhecida sala. Na sala estava tudo como antes, só que na mesa estava uma garrafa de vinho tinto e sobre umas cadeiras, arrumadas em fila no meio da sala, havia um pequeno colchão estreito e fininho.

— Está frrrio – disse Boiseau, colocando a lâmpada sobre a mesa. – Eu só voltei de Parris ontem. Em toda parrte está tempo bom quente, só aqui na Rrússia faz frrio e este mosti... mosquê... les cousins, os malditos, morrdendo.

Boiseau encheu meio copo de vinho, fez uma cara muito enfezada e bebeu tudo.

— Não dorrmi o noite inteirra – disse ele, sentando-se no colchonete. – Les cousins e um besta qualquerr só fica tocando querrendo falarr com um Zliútchkin.

E o francês calou-se e abaixou a cabeça, decerto à espera que a chuva passasse. Jirkov achou que era seu dever de cortesia conversar com ele.

— Quer dizer que o senhor esteve em Paris numa época muito interessante – disse ele. – Boulanger apresentou-se durante a sua estada.

Mais adiante, Jirkov falou de Grèvi, Derulède, Zola, e pôde constatar que esses nomes o francês ouvia pela primeira vez. Em Paris ele só conhecia algumas firmas comerciais, e a sua *tante**, Mme. Blesser, e mais ninguém. A conversa sobre política e literatura terminou com Boiseau fazendo de novo uma cara enfezada, bebendo vinho e esparramando-se inteiro sobre o colchonete fininho.

"Ora, os direitos desse esposo, ao que parece, não são dos mais amplos", pensava Jirkov. "Que espécie de colchão é esse?"

---

* "Tia". Em francês no original. (N.E.)

O francês fechou os olhos. Depois de permanecer deitado e quieto por um quarto de hora, levantou-se de um salto e, como quem não está entendendo nada, fixou o visitante com seus estuporados olhos de chumbo, depois fez uma cara enfezada e bebeu vinho.

– Malditos mosticos – resmungou ele e, esfregando um áspero pé no outro, entrou no quarto contíguo.

Jirkov ouviu como ele acordava alguém e dizia:

– *Il y a là un monsieur roux, qui t'a apporté une robe.**

Logo ele voltou e novamente atacou a garrafa.

– O meu esposa já vai sairrr – disse ele, bocejando. – Eu deve entenderr que senhorr prrecisa dinheirro?

"De hora em hora, não melhora", pensava Jirkov. "Curiosíssimo! Logo vai aparecer Nadiêjda Óssipovna. Claro que vou fingir que não a conheço."

Ouviu-se o farfalhar de saias, a porta abriu-se de leve, e Jirkov viu a conhecida cabecinha cacheada, de olhos e faces dormidos.

– Quem veio da madame Katiche? – perguntou Nadiêjda Óssipovna, mas imediatamente, reconhecendo Jirkov, deu um gritinho, começou a rir e entrou na sala. – Então é você? – perguntou ela. – Mas que comédia é esta? E de onde você veio, tão sujo?

Jirkov enrubesceu, fez uns olhos severos e, positivamente, sem saber como comportar-se, olhou de soslaio para Boiseau.

– Ah, já compreendi! – adivinhou a patroa. – Você decerto assustou-se com o Jacques? Esqueci de avisar Duniácha... Vocês se conhecem? Este é o meu marido, Jacques, e este é Stepán Andrêitch... Trouxe o vestido? Pois *merci*, amigo... Então, vamos senão eu fico com sono.

---

* "Está aí um senhor ruivo que te trouxe um vestido". Em francês no original. (N.E.)

E você, Jacques, durma... – disse ela ao marido. – Você está cansado da viagem.

Jacques olhou espantado para Jirkov, encolheu os ombros e, de cara enfezada, dirigiu-se para a garrafa. Jirkov também deu de ombros e foi atrás de Nadiêjda Óssipovna.

Ele olhava para o céu turvo, para a estrada enlameada e pensava:

"Sujeira! E para onde o diabo pode arrastar um homem educado!"

E então pôs-se a pensar no que é moral e no que é imoral, o que é limpo e o que é sujo. Como muitas vezes acontece com pessoas que vão parar num mau lugar, Jirkov lembrou-se com saudade do seu gabinete de trabalho com os papéis sobre a mesa e sentiu vontade de voltar para casa.

Atravessou silenciosamente a sala, passando pelo adormecido Jacques.

Todo o caminho de volta ele passou em silêncio, procurando não pensar em Jacques, que não se sabe por que insistia em meter-se-lhe na cabeça, e já não puxava conversa com o cocheiro. Na sua alma, sentia o mesmo mal-estar que no estômago.

O relato do jardineiro-chefe

Na estufa de plantas dos condes N. tinha lugar uma venda de flores. Havia poucos compradores: eu, meu vizinho-proprietário rural e um jovem comerciante que trabalhava com madeira. Enquanto os trabalhadores levavam as nossas belíssimas compras e acondicionavam-nas em carroças, nós ficamos sentados à entrada da estufa, conversando sobre uma coisa e outra. Numa quente manhã de abril, ficar sentado no jardim, ouvir os passarinhos e ver como as flores trazidas para a liberdade deliciam-se ao sol é muitíssimo agradável.

Supervisionava o acondicionamento das flores o próprio jardineiro, Mikhail Kárlovich, respeitável ancião de rosto cheio e escanhoado, de colete de peles, sem casaco. Ele permanecia calado o tempo todo, mas prestava atenção à nossa conversa e esperava que, quem sabe, nós disséssemos algo de novo. Era um homem inteligente, muito bondoso e respeitado por todos. Não se sabe por que, todo mundo o considerava um alemão, embora por parte do pai ele fosse sueco, da mãe, russo, e frequentasse a igreja ortodoxa. Ele sabia russo, sueco e alemão, lia muito nesses idiomas, e não era possível causar-lhe prazer maior do que dar-lhe algum livro novo para ler, ou conversar com ele, por exemplo, sobre Ibsen.

Ele tinha fraquezas, mas eram inocentes; assim, ele intitulava-se jardineiro-chefe, embora não houvesse chefiados; a expressão do seu rosto era extraordinariamente grave e altiva: ele não admitia contradição e gostava de ser ouvido com seriedade e atenção.

— Este mocinho aqui, apresento, é um patife de marca — disse o meu vizinho, apontando para um trabalhador de rosto moreno de cigano, que passava por nós sobre uma pipa de água. — Na semana passada, ele foi julgado na cidade por assalto e foi absolvido. Foi considerado doente mental e, no entanto, olhe só para a sua carantonha, ele é mais que sadio. Nos últimos tempos, na Rússia andam inocentando com excessiva frequência os malfeitores, justificando tudo como estados mórbidos e afetivos, e no entanto essas sentenças absolutórias representam evidente indulgência e conivência e não conduzem a nada de bom. Elas desmoralizam as massas, o senso de justiça embotou-se em todos, já que se acostumaram a ver o vício impune; e, sabe, do nosso tempo pode-se tranquilamente dizer com as palavras de Shakespeare: "No nosso século perverso e devasso, até a virtude tem de pedir perdão ao vício".

— Isto está certo, está certo — concordou o comerciante. — Por causa das absolvições nos tribunais, os assassinatos e os incêndios criminosos aumentaram muito. Pode perguntar aos mujiques.

O jardineiro Mikhail Kárlovich voltou-se para nós e disse:

— Quanto a mim, meus senhores, eu sempre saúdo com entusiasmo as sentenças absolutórias. Eu não temo pela moral e pela justiça, quando dizem "inocente", mas, pelo contrário, sinto satisfação. Mesmo quando a minha consciência me diz que, absolvendo um criminoso, os jurados cometeram um erro, mesmo então eu rejubilo-me. Julguem por si mesmos, senhores. Se os juízes e os jurados acreditam mais no "ser humano" do que nas testemunhas, nas provas materiais e nos discursos, será que essa "fé no ser humano" não está de per si acima de quaisquer considerações cotidianas? Essa fé só é acessível àqueles poucos que compreendem e sentem o Cristo.

– Um bom pensamento – disse eu.

– Mas não é um pensamento novo. Lembro-me, já faz muito tempo, eu até ouvi uma lenda sobre esse tema. Uma lenda muito simpática – disse o jardineiro e sorriu. – Quem me contou foi a minha falecida avó, mãe do meu pai, excelente velha. Contou em sueco, em russo não ficará tão bonito, tão clássico.

Mas nós lhe pedimos que a contasse, sem incomodar-se com a crueza do idioma russo. Ele, muito satisfeito, acendeu lentamente o seu cachimbinho, lançou um olhar enfezado para os trabalhadores e começou:

– Numa pequena cidade, instalou-se um senhor de idade, solitário e feio, de nome Tomson ou Wilson, mas isto não importa. O sobrenome não interessa. A sua profissão era bem nobre: ele curava gente. Estava sempre taciturno, e era pouco sociável, e só falava quando o exigia a sua profissão. Ele não visitava ninguém, não passava nas suas relações sociais além de um cumprimento silencioso e vivia modestamente, como um monge. Acontece que ele era um sábio, e naquele tempo os sábios não eram como as outras pessoas. Eles passavam dias e noites em contemplação, leitura de livros e cura de moléstias, encaravam tudo o mais como vulgaridade e não tinham tempo para palavras supérfluas. Os moradores da cidade compreendiam isso perfeitamente e procuravam não aborrecê-lo com as suas visitas e tagarelice oca. Estavam muito felizes porque Deus, finalmente, lhes enviara um homem que sabia curar doenças, e orgulhavam-se de que na sua cidade vivesse um homem tão extraordinário.

'Ele sabe tudo', comentavam entre si.

"Mas isso não era suficiente. Era preciso dizer: 'Ele ama a todos!'. No peito desse homem sábio palpitava um maravilhoso coração angelical. Como quer que fosse, afinal, os moradores da cidade eram-lhe estranhos, não eram parentes, mas ele os amava como se fossem seus filhos e não poupava por eles nem a sua própria vida. Ele mesmo tísico, tossia, mas quando o chamavam para ver um doente, ele esquecia o seu próprio mal e, arquejando, subia montanhas, por mais altas que fossem. Ele não ligava para calor ou frio, desprezava fome e sede. Não aceitava dinheiro e, coisa estranha, quando perdia um paciente para a morte, ele seguia o caixão junto com os parentes e chorava.

"E logo ele tornou-se tão indispensável para a cidade, que os moradores espantavam-se ao pensar como é que antes conseguiam passar sem esse homem. Sua gratidão não conhecia limites. Adultos e crianças, bons e maus, honestos e malandros, em suma, todos o respeitavam e reconheciam o seu valor. Na cidadezinha e nos arredores não havia uma só pessoa que se permitisse não só fazer-lhe algo desagradável, mas sequer pensar numa coisa dessas. Saindo de sua casa, ele nunca trancava portas ou janelas, em plena confiança de que não existia ladrão que se atrevesse a prejudicá-lo. Muitas vezes ele precisava, por dever de médico, passar por grandes estradas, por florestas e montanhas, onde vagavam em quantidade vagabundos esfomeados, mas ele sentia-se totalmente em segurança. Certa noite, ele voltava da visita a um doente e foi atacado, na floresta, por bandidos, os quais, reconhecendo-o, tiraram respeitosamente os chapéus diante dele e perguntaram-lhe se não queria comer alguma coisa. Quando ele disse que estava alimentado, eles lhe deram uma capa quente e acompanharam-no até a cidade, felizes porque o destino lhes oferecera uma oportunidade de agradecer de alguma forma a esse homem generoso. Bem adiante, está claro, a vovó contava que até os cavalos, as vacas e os cachorros conheciam-no e, ao encontrá-lo, demonstravam sua alegria.

"E esse homem que, aparentemente, graças à sua santidade, isolou-se de todo mal, de quem até os loucos furiosos e os bandidos eram considerados amigos, numa certa manhã foi encontrado assassinado. Ensanguentado, de crânio quebrado, ele jazia num barranco, e o seu rosto lívido expressava surpresa. Sim, não era terror, mas surpresa, que se congelara no seu rosto quando ele viu diante de si o assassino. Podeis agora imaginar a dor que dominou os habitantes da cidade e dos arredores. Todos, em desespero, sem poderem acreditar nos próprios olhos, perguntavam-se: quem podia ter matado esse homem? Os juízes que conduziam as investigações e examinaram o cadáver do médico disseram o seguinte: 'Aqui temos todos os sinais de um assassinato, mas em vista do fato de que não existe no mundo uma pessoa que fosse capaz de matar o nosso doutor, a conclusão é que não houve assassinato, e a coincidência dos sinais explica-se simplesmente por mera coincidência. Deve-se supor que o doutor, na escuridão, caiu por si mesmo no barranco e feriu-se até a morte'.

"Com essa opinião concordou a cidade inteira. O doutor foi sepultado e já ninguém falava de morte violenta. A existência de uma pessoa de baixeza e perversidade suficientes para assassinar o doutor parecia inadmissível. Pois até a vileza tem os seus limites, não é mesmo?

"Mas, de repente, imaginem só, o acaso conduz até o assassino. Foi visto um vadio, já muitas vezes processado, conhecido por sua vida devassa; bebia numa taverna, pagando com a tabaqueira e o relógio que pertenceram ao doutor. Quando o interrogaram, ele atrapalhou-se e disse qualquer mentira evidente. Deram busca na sua moradia e encontraram na cama uma camisa de mangas ensanguentadas e uma lanceta de médico de cabo de ouro. Que outras provas eram necessárias? O bandido foi posto na cadeia. Os moradores da cidade indignaram-se e ao mesmo tempo diziam:

"'Inacreditável! Não é possível! Cuidado para não haver engano; pois não acontece que as provas não digam a verdade?'

"No julgamento, o assassino negava obstinadamente a sua culpa. Tudo falava contra ele, e convencer-se da sua culpabilidade era tão fácil, como do fato de que esta terra é negra, mas os próprios juízes também enlouqueceram: eles ponderavam cada prova dez vezes, olhavam desconfiados para as testemunhas, enrubesciam, bebiam água... Começaram o julgamento de manhã cedo e terminaram só à noite.

"'Acusado!', dirigiu-se o magistrado principal ao assassino. 'O tribunal te reconhece culpado do assassinato do doutor tal e tal e te condena a...'

"O primeiro magistrado queria dizer 'à pena de morte', mas deixou cair das mãos a folha de papel, na qual estava escrita a condenação, enxugou o suor frio e exclamou:

"'Não! Se estou julgando errado, que Deus me castigue, mas eu juro, ele não é culpado! Não admito o pensamento de que se possa encontrar um homem que se atrevesse a assassinar o nosso amigo doutor! Um ser humano não é capaz de cair tão fundo!'

"'Sim, não existe semelhante ser humano', concordaram os outros juízes.

"'Não!', ecoou a multidão. 'Soltai-o!'

"O assassino foi solto e saiu livre, e nem uma só alma reprovou os juízes por falta de justiça. E Deus, dizia a minha avó, por essa fé no ser humano, perdoou os pecados de todos os moradores da cidadezinha. Ele se alegra quando creem que o homem é a Sua imagem e semelhança, e se entristece quando, esquecendo a dignidade humana, julgam os seres humanos pior do que se fossem cães.

"Que a sentença da absolvição traga prejuízo aos habitantes da cidadezinha, mas em compensação julguem por si que influência benéfica teve sobre eles essa fé no ente humano, uma fé que, é claro, não permanecerá morta: ela educa em nós os sentimentos generosos e sempre estimula a amar e a respeitar cada ser humano. Cada um! E isto é importante."

Mikhail Kárlovich terminou. Meu vizinho quis retrucar alguma coisa, mas o jardineiro-chefe fez um gesto, significando que ele não gosta de ser contrariado, afastou-se a seguir para junto das carroças e, com expressão grave no rosto, continuou a se ocupar do carregamento.

Trapaceiros à força – Historinha de Ano-Novo

Há festa em casa de Zakhar Kúzmitch Diádetchkin. Celebra-se o Ano-Novo e cumprimenta-se a dona da casa, Malánia Tikhónovna, pelo dia do seu anjo da guarda.

Os convidados são muitos. Todos gente respeitável, compenetrada, sóbria e positiva. Nenhum malandro. Os rostos exprimem emoção, deleite e o sentimento da própria dignidade. Na sala, sentados no grande divã quadriculado, estão: o senhorio Gússiev e o vendeiro Razmakhálov, do qual os Diádetchkin compram fiado. A conversa gira em torno de filhos e filhas.

– Hoje em dia é difícil encontrar um homem – diz Gússiev – que não beba e seja sério... um homem que seja trabalhador... É difícil!

– O mais importante em casa é a ordem, Alexei Vassílitch! Isto não acontecerá quando em casa não houver... aquilo... ordem dentro de casa.

– Quando não há ordem em casa, então... Tudo é assim... Muita bobageira anda proliferando neste mundo... Como pode ser desse jeito? Hum...

Perto deles, três velhotas, sentadas em cadeiras, olham comovidas para as suas bocas. Nos seus olhos está escrito sua admiração pela "inteligência-sabedoria". De pé no canto está o compadre Gúri Márkovitch, examinando os ícones. No dormitório dos donos da casa o ambiente é ruidoso. Lá, senhoritas e cavalheiros jogam loto. O cacife é um copeque. De pé ao lado da mesa, chorando, está o primeiro-anista de ginásio Kólia. Está com vontade de jogar loto, mas não o deixam sentar-se à mesa. Então é culpa sua que seja pequeno e não tenha nem um copeque?

– Para de te esgoelar, bobão! – advertem-no. – Então, por que estás berrando? Queres que a mamãe te dê uma sova?

– Quem é que está se esgoelando? O Kólia? – ouve-se da cozinha a voz da mamãe. – Dei-lhe poucas surras, estou ficando velha... Varvára Gúrievna, puxe-lhe a orelha!

Na cama dos donos da casa, sentadas sobre a colcha de chita desbotada, estão duas senhoritas de vestidos cor-de-rosa. Em pé diante delas, encontra-se um rapazola de uns 23 anos, que trabalha numa companhia de seguros, Kopáisky, *en face** muito parecido com um gato. Ele as está cortejando.

– Não tenho intenções de me casar – diz ele com afetação, afastando do pescoço, com os dedos, os colarinhos altos e cortantes. – A mulher é um ponto luminoso na cabeça de um homem, mas ela pode destruir a pessoa. Criatura maligna!

– E os homens? Um homem é incapaz de amar. Faz toda sorte de grosserias.

– Como sois ingênuas! Eu não sou cínico nem cético, mas ainda assim compreendo que um homem sempre estará numa posição mais elevada no que se refere aos sentimentos.

De um canto para outro, como lobos na jaula, agitam-se o próprio Diádetchkin e o seu primogênito Gricha. Estão com as almas em fogo. Ambos beberam bastante no almoço e agora sentem violenta necessidade de rebater a bebida... Diádetchkin vai para a cozinha, onde a dona da casa salpica um bolo com açúcar moído.

---

* De rosto, em francês no original. (N.T.)

– Malacha – diz Diádetchkin –, não seria bom pôr a zakúska* na mesa? As visitas querem petiscar alguma coisa...

– Que esperem... Vão comer e beber tudo agora, e o que é que eu vou servir à meia-noite? Não vão morrer... Sai... Não fiques te agitando diante do meu nariz.

– Um calicezinho só para cada um, Malacha... Não sofrerás déficit nenhum por causa disso... Pode?

– Mas que castigo! Sai, estou te dizendo! Vai lá ficar um pouco com as visitas. Para que se acotovelar na cozinha?

Diádetchkin exala um suspiro profundo e sai da cozinha. Ele vai olhar o relógio. Os ponteiros mostram onze e dez. Para o momento almejado faltam ainda 52 minutos. É terrível! A espera por um trago é a mais dolorosa das esperas. Melhor passar cinco horas ao relento, esperando o trem sob o frio do inverno, do que ficar cinco minutos à espera da bebida... Diádetchkin olha com ódio para o relógio e, após andar um pouco de um lado para outro, empurra o ponteiro maior dez minutos para a frente... E Gricha? Se não derem de beber ao Gricha imediatamente, ele vai embora para o botequim, vai beber ali. Não está disposto a morrer de vontade e angústia...

– Mamãezinha – diz ele –, as visitas estão irritadas porque não lhes servem o antepasto! É o cúmulo da porcaria... Obrigar a passar fome! Se ao menos servisse um cálice!

– Que esperem... Falta pouco... Logo já... Não fiques no meu caminho, na cozinha.

Gricha bate a porta e vai pela centésima vez consultar o relógio. O ponteiro grande é implacável! Está quase no mesmo lugar.

---

* Zakúska – Mesa de frios, refeição ligeira, antepasto. (N.T.)

– Está atrasando! – consola-se Gricha e, com o dedo indicador, empurra o ponteiro sete minutos para a frente.

Kólia passa correndo pelo relógio. Para na frente dele e começa a contar o tempo... Sente uma vontade doida de ver chegar o momento quando todos gritarão "urra!". O relógio trespassa-lhe o coração com o seu ponteiro imóvel. Ele sobe na cadeira, olha timidamente em volta e rouba cinco minutos à eternidade.

– Vá verificar queleretíl* – encarrega uma das senhoritas o Kopáisky. – Estou morrendo de impaciência. Ano-Novo! Vida nova!

Kopáisky junta os dois pés numa mesura e sai correndo para o relógio.

– Ó, diabos – resmunga ele, olhando os ponteiros. – Como falta muito ainda! E a vontade de comer está enorme... Vou beijar a Kátka sem falta, quando gritarem "urra".

Kopáisky afasta-se do relógio, para... Pensa um pouco, volta e encurta o ano velho em seis minutos. Diádetchkin esvazia dois copos d'água, mas... sua alma está em chamas! Ele anda, anda, anda... A mulher enxota-o da cozinha a toda hora. As garrafas enfileiradas na janela dilaceram-lhe a alma. O que fazer! Não há forças que aguentem!

Ele agarra-se novamente ao último recurso. O relógio está às suas ordens. Ele vai para o quarto das crianças, onde o relógio está pendurado, e topa com um quadro desagradável para o seu coração paterno: diante do relógio está Gricha, movendo o ponteiro.

– Tu... tu... o que é que estás fazendo? Hein? Para que moveste o ponteiro? Bobalhão! Hein? Para que isso? Hein?

---

* Francês "macarrônico": *Quelle heure est-il*, ou seja, "que horas são?" (N.T.)

Diádetchkin tosse, hesita, franze o rosto e faz um gesto de desistência com a mão.

– Para quê?... A-a-a... mas move-o duma vez, ele que arrebente, o desgraçado! – diz ele, e empurrando o filho para afastá-lo do relógio, move sozinho o ponteiro.

Para o Ano-Novo ficam faltando onze minutos. O papai e Gricha vão para a sala e começam a arrumar a mesa.

– Malacha! – grita Diádetchkin. – Já, já vai ser Ano-Novo!

Malánia Tikhónovna sai correndo da cozinha e vai conferir o que disse o marido. Olha longamente para o relógio: o marido não mentiu.

– E agora, o que vou fazer? – murmura ela. – Se as ervilhas para o presunto ainda não estão cozidas! Hum... que castigo! Como é que eu vou poder servir?

E, tendo pensado um pouco, Malánia Tikhónovna, com a mão trêmula, move o ponteiro grande para trás: o ano velho recupera vinte minutos.

– Podem esperar! – diz a patroa, e corre para a cozinha.

Amor de peixe

Por estranho que pareça, o único carácio dourado que vivia na lagoa perto da dátcha do general Pantalýkin enamorou-se perdidamente pela veranista Sónia Mámotchkina. De resto, o que há nisso de estranho? Não se apaixonou o Demônio de Liérmontov por Tamara, e o cisne por Leda, e não acontece que escriturários apaixonam-se pelas filhas dos seus chefes?

Toda manhã, Sónia Mámotchkina vinha com a sua tia banhar-se na lagoa. O carácio apaixonado nadava bem perto da margem e observava. Por causa da vizinhança próxima da fundição Krandel & Filhos, a água da lagoa havia muito que ficara pardacenta, mas apesar disso o carácio via tudo. Ele via como pelo céu azul esvoaçavam nuvens brancas e pássaros, como se despiam as veranistas, como, dentre os arbustos ribeirinhos, espiavam-nas os rapazes, como a rechonchuda titia, antes de entrar na água, ficava uns cinco minutos sentada sobre uma pedra e, afagando-se satisfeita, dizia:

– E com quem foi que eu, uma elefanta dessas, fui sair parecida? Até dá medo de olhar.

Tirando do corpo as roupas leves, Sónia atirava-se na água, guinchando, encolhia-se de frio, e o carácio, sem perda de tempo, nadava para perto dela e começava a beijar-lhe avidamente os pezinhos, os ombros, o pescoço...

Após o banho, as veranistas voltavam à casa, para tomar chá com pães doces, enquanto o carácio nadava solitário na enorme lagoa e pensava:

"Naturalmente, não se pode nem falar em chances de ser correspondido. Como pode ela, tão formosa, vir a amar-me a mim, um carácio? Não, mil vezes não! Não te iludas pois com tais sonhos, desprezível peixe! Resta-te um só destino – a morte! Mas morrer, como? Revólveres e fósforos não há na lagoa. Para nós outros, os carácios, só uma morte é possível – a bocarra do lúcio. Mas onde encontrar um lúcio? Tempos atrás havia aqui na lagoa um lúcio, mas até ele se finou de tédio. Ó, infeliz que sou!"

E, pensando na morte, o jovem pessimista afundava-se no lodo e lá escrevia um diário...

Certa vez, ao entardecer, Sónia e a sua tia estavam sentadas à beira da lagoa, pescando. O carácio nadava por perto das iscas e não tirava os olhos da jovem amada. Súbito, no seu cérebro, qual um raio, brilhou uma ideia:

"Morrerei nas mãos dela!", pensou ele, e começou a brincar alegremente com as nadadeiras. "Oh, esta será uma morte maravilhosa e doce!"

E, cheio de decisão, apenas empalidecendo um pouco, ele nadou para junto do anzol de Sónia e tomou-o na boca.

– Sónia, mordeu! – guinchou a tia. – Querida, o teu anzol! Mordeu!

– Ah, ah!

Sónia deu um pulo e um safanão com toda força. Algo dourado faiscou no ar e esborrachou-se na água, deixando círculos concêntricos depois de si.

– Arrancou-se! – gritaram ambas as veranistas, empalidecendo.

– Arrancou-se! Ai! Querida!

Olharam para o anzol e viram nele um beiço de peixe.

– Ah, querida, não precisava puxar com tanta força. Agora o pobre peixinho ficou sem beiço...

Soltando-se do anzol, meu herói ficou atordoado e por muito tempo não entendeu o que lhe acontecera; depois, porém, voltando a si, ele gemeu:

– Outra vez, viver! De novo! Ó, ironia do destino!

Percebendo, no entanto, que lhe faltava a mandíbula inferior, o carácio empalideceu e prorrompeu em gargalhadas selvagens... Ele enlouquecera.

Mas receio que pareça estranho que eu queira ocupar a atenção de um leitor sério com o destino de uma criatura tão ínfima e desinteressante como um carácio dourado. De resto, o que há nisso de estranho? Não descrevem umas senhoras em grossas revistas uns gobiões e umas lesmas de que ninguém precisa? Pois eu imito as senhoras. Quem sabe, até eu mesmo sou uma senhora e só me oculto sob um pseudônimo masculino.

E, assim, o carácio enlouqueceu. O infeliz está vivo até agora. Os dourados em geral gostam de ser fritos em creme de leite, mas o meu herói agora ama qualquer tipo de morte. Sónia Mármotchkina casou-se com o dono de uma drogaria, e a tia foi-se embora para Lípetsk, morar com a irmã casada. Nisso não há nada de estranho, pois a irmã casada tem seis filhos e todos os filhos amam a titia.

Mas, adiante. Na fundição Krandel & Filhos trabalha como diretor o engenheiro Kryssin. Ele tem um sobrinho, Ivan, o qual, como é sabido, escreve versos e os imprime avidamente em todos os jornais e revistas. Num certo meio-dia muito quente, passando pela lagoa, o jovem poeta resolveu tomar um banho. Despiu-se e meteu-se na lagoa. O carácio demente tomou-o por Sónia Mámotchkina, nadou para junto dele e depositou-lhe um terno beijo nas costas. Esse beijo teve as mais ruinosas consequências. O carácio contagiou o poeta com o pessimismo. Não suspeitando de nada, o poeta saiu da água e, gargalhando insanamente, dirigiu-se para casa.

Alguns dias depois, ele viajou para Petersburgo; tendo lá visitado as redações, contagiou todos os poetas com o pessimismo, e desde então os nossos poetas começaram a escrever poesias melancólicas e sombrias.

Uma filha de Albion

Uma bela carruagem de rodas revestidas de borracha, com um gordo cocheiro e assento de veludo, parou diante da casa do proprietário rural Griabov. Da carruagem saltou o chefe distrital da nobreza, Fiódor Andrêitch Otsóv. Um lacaio sonolento recebeu-o no vestíbulo.

– Os patrões estão em casa? – perguntou o chefe.

– Não estão, não senhor. A patroa com as crianças foi fazer uma visita, e o patrão com a "mamzél"* governanta foram pescar peixe. Desde o início da manhã.

Otsóv ficou parado, pensou um pouco e dirigiu-se ao rio, à procura de Griabov. Encontrou-o a umas duas verstás da casa, à beira do rio. Olhando de cima da margem alta e divisando Griabov, Otsóv não conteve uma risada... Griabov, um homem graúdo e gordo, de cabeça muito grande, estava sentado na areia, com as pernas encolhidas à turca, pescando. O chapéu escorregara para a nuca, a gravata entortara para um lado. Em pé ao seu lado estava uma inglesa alta e esgalgada, de olhos esbugalhados de lagosta e um grande nariz de ave, mais parecido com um gancho que com um nariz. Ela trajava um vestido de cassa branco, através do qual apareciam claramente seus ombros ossudos e amarelos. Do seu cinto de ouro pendia um relógio de ouro. Ela também estava pescando. Em volta de ambos reinava um silêncio sepulcral. Ambos estavam imóveis, como o rio no qual boiavam os seus flutuadores.

---

* "Mamzél" – Corruptela de *mademoiselle*. (N.T.)

— Grande vontade, triste destino! — riu-se Otsóv. — Salve, Iván Kúzmitch!

— Ah... és tu? — perguntou Griabov, sem tirar os olhos da água. — Chegaste?

— Como podes ver. E tu, ainda te ocupas com essa tolice! Não perdeste o costume?

— Qual o quê... Fico pescando o dia inteiro, desde manhã cedo... Não sei, hoje não vai muito bem. Não peguei nada, e nem este espantalho. Ficamos e ficamos, e nem um diabo! Dá vontade de gritar por socorro!

— Manda isto ao diabo! Vamos beber vodca!

— Espera um pouco... Quem sabe ainda pegamos alguma coisa. À tardinha o peixe morde melhor... Estou sentado aqui, amigo, desde a madrugada! Um tédio que não dá nem para te expressar. Foi o diabo que me fez habituar-me a esta pescaria! Sei que é tolice, mas fico sentado como um canalha, como um condenado, mas eu fico pescando, pegando peixe. Ontem lá em Khapónieve o serviço foi feito pelo Reverendíssimo, e eu não fui, fiquei sentado aqui com esta enguia...

— Mas... perdeste o juízo! — perguntou Otsóv, lançando de soslaio um olhar embaraçado para a inglesa. — Que linguagem, diante de uma senhora... E insultando a ela mesma!...

— O diabo que a carregue! Tanto faz, ela não entende em russo bosta nenhuma. Xingá-la ou louvá-la é tudo a mesma coisa para ela! Olha só o nariz dela! Só de olhar para esse nariz, dá para perder os sentidos! Ficamos sentados juntos dias inteiros, e nem uma só palavra! Ela fica aí espetada feito um espantalho, de bugalhos arregalados para a água...

A inglesa bocejou, trocou a minhoca e atirou o anzol.

— Sabe, amigo, meu espanto é bem grande! — continuou Griabov. — A bobona já vive na Rússia há dez anos e nem uma só palavra de russo! Qualquer aristocratazinho dos nossos vai para a terra deles e já, já aprende a latir na língua de lá, mas eles... o diabo que os entenda! Olha só para esse nariz! Olha o nariz!

– Vamos, para com isso... Não fica bem... Por que atacar a mulher desse jeito?

– Ela não é mulher, é donzela... Vai ver que sonha com noivos, boneca dos diabos. Ela até cheira a qualquer coisa de podre... Criei-lhe um ódio, amigo! Não posso olhar para ela e ficar indiferente! Quando ela me lança uma olhada com aqueles bugalhos enormes, eu me encolho todo, como quem bateu no corrimão com o cotovelo. Ela também gosta de pescar. Olha só: pesca como se fosse um ritual! Olha tudo com desprezo... Fica aí parada, a canalha, consciente de que é uma pessoa, ser humano, e, portanto, rei da natureza. E sabe como é que ela se chama? Uílka Chárlesovna Tfáis! Pfu!... Impronunciável!

A inglesa, ao ouvir seu próprio nome, dirigiu lentamente o nariz para o lado de Griabov e mediu-o com um olhar de desprezo. De Griabov ela passou os olhos para Otsóv e inundou-o de desdém. E tudo isso em silêncio, solene e lentamente.

– Viste? – perguntou Griabov, às gargalhadas. – "Para vós é isto aqui!" Mas, que bruxa! É só pelas crianças que eu tolero aqui este tritão. Não fossem as crianças, eu não a deixaria aproximar-se a dez verstás da minha propriedade... Nariz de gavião. E a cintura? Essa boneca me lembra um prego comprido. Dá vontade de afundá-la na terra com uma martelada. Espera... parece que está mordendo...

Griabov pôs-se de pé num salto e suspendeu a vara. A linha esticou-se... Griabov deu mais um puxão e não conseguiu tirar o gancho da água.

– Ficou preso! – disse ele com uma careta. – Enganchou-se nalguma pedra, decerto... Diabo!

O rosto de Griabov exprimia sofrimento. Entre suspiros, movimentos inquietos e maldições murmuradas, ele começou a dar safanões na linha. Os safanões não conduziram a nada. Griabov empalideceu.

– Mas que lástima! Vou ter de meter-me n'água...
– Mas larga disso!
– Não posso... Ao anoitecer a pesca melhora... Mas que desgosto, Deus me perdoe! Vou ter de me enfiar na água. Vou ser obrigado! E se tu soubesses como não tenho vontade de me despir! Preciso enxotar a inglesa... Fica mal eu me despir na frente dela! Apesar dos pesares, é uma senhora!

Griabov tirou o chapéu e a gravata.

– Miss... eee... – dirigiu-se ele à inglesa. – Miss Tfáis! Jé vu pri... mas como é que eu vou dizer-lhe? Como dizer-te, para que entendas? Escute... para lá! Saia para lá! Estás ouvindo?

Miss Tfáis cobriu Griabov de desprezo e emitiu um som anasalado.

– Então? Não entende? Anda, estou te dizendo, sai daqui! Eu tenho de tirar a roupa, boneca do diabo! Anda para lá! Para lá!

Griabov puxou a miss pela manga, mostrou-lhe uns arbustos e agachou-se como quem diz, vá para detrás dos arbustos. E esconda-se ali. A inglesa, mexendo as sobrancelhas com energia, enunciou rapidamente uma longa frase inglesa. Os dois amigos espirraram risadas contidas.

– Pela primeira vez na vida estou ouvindo a voz dela... Sim senhor, não digo nada, que vozinha! E não entende! Então, o que é que eu faço com ela?

– Cuspa em tudo! Vamos beber vodca!

– Não posso, agora preciso pescar... Anoitece... Bem, o que sugeres que eu faça? Mas que empreitada! Vou ter de me despir na frente dela...

Griabov tirou o casaco e o colete e sentou-se na areia para tirar as botas.

– Escuta, Iván Kúsmitch – disse o chefe, rindo para dentro do punho. – Isto, meu amigo, já é zombaria, é um escárnio.

– Ninguém pediu a ela que não entendesse. Que isto lhes sirva de lição, a esses estrangeiros!

Griabov removeu as botas, as calças, tirou a roupa de baixo e surgiu em trajes de Adão. Otsóv segurava a barriga com as mãos. Estava rubro de riso e confusão. A inglesa começou a mexer as sobrancelhas e a piscar os olhos... Pelo seu rosto amarelo deslizou um sorriso de superioridade e desprezo.

– Preciso esfriar o corpo – disse Griabov dando-se palmadas nas nádegas. – Dize-me uma coisa, Fiódor Andrêitch, por que será que cada verão me aparece esta erupção no peito?

– Mas entra logo na água, ou cobre-te com alguma coisa, animal!

– Se ao menos ela ficasse encabulada, a peste! – disse Griabov, entrando n'água e persignando-se. – Brrr... que água fria... Olha só como ela mexe as sobrancelhas! E não vai embora! Está acima da turba!... He he he!... Ela não nos considera seres humanos!

Entrando n'água e aprumando-se em toda a sua enorme estatura, ele piscou um olho e disse:

– Isto aqui, amigo, não é a Inglaterra lá dela!

Miss Tfáis trocou calmamente a isca, bocejou e atirou o anzol. Otsóv voltou-se para outro lado. Griabov soltou o seu gancho, mergulhou e saiu da água bufando. Dois minutos depois ele já estava novamente sentado na areia, novamente pescando.

Testa-branca

A LOBA FAMINTA levantou-se para ir à caça. Seus lobinhos, os três, dormiam a sono solto, apertados num montinho, aquecendo-se mutuamente. Ela lambeu-os e saiu.

Já era o mês primaveril de março, mas de noite as árvores ainda estalavam de frio, como dezembro, e mal ela punha a língua pra fora, sentia forte a gélida beliscada. A loba tinha saúde frágil, era cismada; estremecia ao menor ruído e só pensava no receio de que, na sua ausência, alguém magoasse os seus filhotes. O odor de pegadas humanas e cavalares, os tocos das árvores, a lenha empilhada e a estrada escura e cheia de esterco a assustavam; parecia-lhe que atrás das árvores, na escuridão, há homens, e em algum lugar atrás do mato há cães uivando.

Ela já não era jovem e o seu olfato enfraquecera, de modo que lhe acontecia tomar pegadas de raposa por rastro de cachorro, e às vezes, enganada pelo olfato, ela até se perdia pelo caminho, o que nunca lhe acontecera na mocidade. Por causa da saúde fraca, ela já não caçava bezerros e carneiros graúdos, como dantes, e já passava bem ao largo das éguas com potrinhos, mas se alimentava somente de carniça; raramente lhe acontecia comer carne fresca, só na primavera, quando ela, dando com uma coelha, lhe tirava as crias, ou penetrava num curral de camponeses onde havia cordeirinhos.

A uns quatro quilômetros do seu covil, perto da estrada postal, ficava uma cabana de inverno. Aqui morava o guarda Ignát, velho de uns setenta anos, que só ficava tossindo e falando sozinho; à noite ele costumava dormir, mas de dia perambulava pela mata com uma espingarda de um só cano, e assobiava para os coelhos. Parece que antes ele trabalhara como maquinista de trem porque cada vez, antes de parar, dizia para si mesmo: "máquina, parar!", e antes de continuar andando, gritava: "a todo vapor!". Ele tinha uma enorme cadela negra de raça desconhecida, chamada Arápka. Quando ela corria muito à frente, Ignát gritava-lhe: "marcha a ré!". Às vezes ele cantava, e então cambaleava muito e frequentemente caía (a loba pensava que era por causa do vento) e gritava: "descarrilou!".

A loba se lembrava de que no verão e no outono, perto da cabana, pastavam um carneiro e duas ovelhas, e quando, não faz muito tempo, ela passara correndo por ali, pareceu-lhe ouvir balidos no curral. E agora, aproximando-se da cabana, ela compreendia que já era março e, a julgar pelo tempo, no curral devia haver cordeirinhos, sem falta. A fome a torturava e ela pensava com que avidez comeria um cordeirinho, e com esses pensamentos os seus dentes rangiam e os olhos brilhavam no escuro como dois foguinhos.

O casebre de Ignát, o seu galpão, curral e poço, estavam cercados por altos montões de neve. Reinava o silêncio. Arápka decerto dormia junto ao galpão.

A loba subiu pelo monte de neve sobre o curral e começou a espalhar a palha do telhado com o focinho e as patas. A palha estava podre e fofa, e a loba quase que despenca casa adentro; de repente ela sentiu bem no focinho o bafo de vapor quente e cheiro de esterco e de leite de ovelha. Embaixo, sentindo o frio, um cordeirinho baliu delicadamente. Pulando para dentro do buraco, a loba caiu, com as patas dianteiras e o peito, sobre algo macio e tépido, decerto um carneiro, e nesse momento alguma coisa no curral começou a ganir e a latir com uma vozinha fina e esganiçada, as ovelhas se precipitaram para a parede, sobressaltadas, e a loba, assustada, agarrou a primeira coisa com que seus dentes toparam e se atirou pra fora...

Ela corria, fazendo grande esforço, ao mesmo tempo em que Arápka, que já sentira cheiro de lobo, uivava desesperadamente, na cabana cacarejavam as galinhas alarmadas, e Ignát, saindo para o degrau, gritava:

– A todo vapor! Apite na curva!

E apitava como uma locomotiva, e depois – ho-ho-ho-hoho!... E o eco da mata repetia todo esse alarido.

Quando, pouco a pouco, tudo isso silenciou, a loba tranquilizou-se um tanto e começou a perceber que a presa que ela segurava nos dentes e arrastava pela neve era muito mais pesada e como que mais dura do que costumam ser os cordeirinhos nessa época; e o cheiro era como que diferente, e ouviam-se uns sons estranhos... a loba parou e colocou a sua carga sobre a neve, para descansar e começar a comer, e de repente deu um pulo pra trás, enjoada. Não era um cordeirinho, mas um filhotinho de cachorro, preto, de cabeça grande e pernas altas, de raça graúda, com uma mancha branca cobrindo a testa inteira, como a de Arápka. A julgar pelas suas maneiras, ele era um ignorante, um simples vira-lata. Ele lambeu suas costas amassadas e feridas e, como se nada tivesse acontecido, pôs-se abanar o rabo e a latir para a loba. Ela rosnou como um cachorro e fugiu dele. Ele correu-lhe no encalço. Ela olhou para trás e estalou os dentes; ele parou, perplexo, e, aparentemente decidindo que ela estava brincando com ele, espichou o focinho na direção da cabana e desandou num latido sonoro e alegre, como que convidando sua mãe Arápka a brincar com ele e a loba.

Já amanhecia, e quando a loba abria caminho para casa por entre as faias espessas, podia-se distinguir nitidamente cada folhinha, e os passarinhos já acordavam, e alçavam voo frequentemente os bonitos galos silvestres, sobressaltados pelos pulos descuidados e os latidos do cachorrinho.

"Para que ele corre atrás de mim?" – pensava a loba, aborrecida. – "Decerto está com vontade de ser comido."

Ela morava com os lobinhos num buraco raso; uns três anos antes, uma forte tempestade arrancara com a raiz um velho e alto pinheiro, o que formou aquela cova no chão. Agora o seu fundo estava forrado de folhas velhas e musgo, e ali mesmo se espalhavam ossos e chifres de boi, com os quais os lobinhos brincavam. Eles já estavam acordados e, todos os três, muito parecidos entre si, estavam enfileirados na beira da sua toca, olhando para a mãe que voltava e abanando a cauda. Vendo-os, o cachorrinho parou à distância e ficou a olhar para eles durante um bom tempo; percebendo que eles também o fitavam fixamente, começou a latir para eles, bravo, como para estranhos.

Amanhecera, o sol já nascera, a neve começou a faiscar em volta, mas o cachorrinho continuava parado à distância, sempre latindo. Os lobinhos mamavam na mãe, empurrando com as patas a sua barriga magra, enquanto ela roía um osso de cavalo, branco e seco; a fome a torturava, doía-lhe a cabeça por causa dos latidos caninos, e ela tinha vontade de atirar-se sobre o visitante não convidado e fazê-lo em pedaços.

Finalmente, o cachorrinho cansou-se, enrouquecido; vendo que ninguém o temia e nem ao menos lhe dava atenção, ele começou, timidamente, ora se agachando, ora aos pulinhos, a se aproximar dos lobinhos. Agora, à luz do dia, já era fácil examiná-lo. A sua testa branca era larga, nela havia um calombo, como acontece com cães muito estúpidos; os olhos eram pequenos, azul-claros, foscos, a expressão do focinho inteiro era extremamente boba. Aproximando-se dos lobinhos, ele estendeu para frente as suas largas patas, colocou o focinho sobre elas e começou:

– M'nhá, m'nhá, nga-nga-nga!...

Os lobinhos não entenderam nada, mas abanaram a cauda. Então o cachorrinho deu uma patada na cabeça de um dos lobinhos. O lobinho por sua vez deu-lhe também uma patada na cabeça. O cachorrinho colocou-se de lado para o lobinho e olhou-o de soslaio, abanando o rabo, e de repente, arrancou-se do lugar e fez alguns círculos pela crosta de neve. Os lobinhos correram-lhe ao encalço, ele caiu de costas e de patas para o ar, e os três juntos caíram sobre ele e, guinchando de entusiasmo, puseram-se a mordê-lo, mas não para doer, só de brincadeira. Os corvos, pousados num alto pinheiro, olhavam para baixo para aquela luta, muito preocupados. Ficou tudo alegre e barulhento. O sol já aquecia de um modo primaveril; e os galos silvestres, passando a voar o tempo todo por cima do pinheiro derrubado pela tempestade, brilhavam como esmeraldas à luz do sol.

As lobas costumam geralmente ensinar os seus filhotes a caçar, deixando-os brincar com a presa; e agora, vendo os lobinhos a correr pela crosta de neve atrás do cachorrinho e a lutar com ele, a loba pensava:

"Eles que treinem e vão aprendendo".

Cansados de brincar, os lobinhos voltaram para o buraco e foram dormir. O cachorrinho uivou um pouco de fome, depois também se espichou ao solzinho. E quando acordaram, recomeçaram a brincadeira.

O dia todo e ao anoitecer a loba se lembrava de como na noite passada o cordeirinho balia no curral e como cheirava a leite de ovelha, e, de tanto apetite, ela estalava os dentes e não parava de roer avidamente o velho osso, imaginando que era o cordeirinho. Os lobinhos mamavam e o cachorrinho, que queria comer, corria em volta e farejava a neve.

"Vou comê-lo...", decidiu a loba.

A loba aproximou-se dele, mas ele deu uma lambida no focinho dela e pôs-se a ganir, pensando que ela queria brincar. Noutros tempos, ela comia cachorros, mas esse filhote tinha um odor canino muito forte, e por causa da saúde fraca, ela já não suportava esse cheiro; sentiu-se nauseada e afastou-se...

Ao cair da noite, o tempo esfriou. O cachorrinho ficou entediado e resolveu voltar para casa.

Quando os lobinhos tornaram a adormecer profundamente, a loba saiu de novo para a caça. Como na noite passada, o menor ruído a perturbava, e assustavam-na os tocos, a lenha, os arbustos escuros e isolados, que de longe pareciam gente. Ela corria ao longo da estrada, pela crosta de neve. De repente, ao longe, lá adiante na estrada, começou a mover-se alguma coisa escura... Ela forçou a vista e os ouvidos: de fato, algo andava lá na frente, até dava para ouvir os passos regulares. Não seria um texugo? Cautelosamente, prendendo a respiração, sempre andando por fora, de lado, ela ultrapassou a mancha escura, olhou para trás e reconheceu-o: era o cachorrinho de testa branca que voltava para casa, para a cabana, a passo lento, sem pressa.

"Tomara que ele não me atrapalhe outra vez", pensou a loba, e correu, rápida, para frente.

Mas a cabana já estava perto. Ela tornou a subir sobre o curral, pelo monte de neve. O buraco de ontem já estava tapado com palha e havia dois sarrafos novos atravessados sobre o telhado. A loba pôs-se a trabalhar rapidamente com o focinho e com as patas, olhando para trás, para ver se não vinha o cachorrinho, mas mal ela começou a sentir o bafo quente e o odor de esterco, quando atrás dela se ouviu um latido sonoro cheio de alegria. Era o cachorrinho que voltara. Ele saltou para o telhado para junto da loba, depois para dentro do buraco e, sentindo-se em casa, no bem quente, e reconhecendo as suas ovelhas, pôs-se a latir ainda mais alto... Arápka acordou junto ao galpão e, farejando lobo, desandou a uivar, as galinhas puseram-se a cacarejar, e quando sobre o degrau surgiu Ignát com sua espingarda de um só cano, a loba apavorada já estava longe da cabana.

– Fiuut! – assobiou Ignát. – Fiuuut! Toca a todo vapor.

Ele puxou o gatilho – a espingarda falhou; puxou outra vez – falhou de novo; puxou o gatilho pela terceira vez – e uma enorme labareda de fogo escapou do cano e ouviu-se um "bu! bu!" ensurdecedor. Ele levou um forte coice no ombro; e pegando a espingarda com uma das mãos e um machado com a outra, foi verificar a razão do barulho...

Pouco depois voltou para a cabana.

– O que foi ali? – perguntou com voz rouca um andarilho que pernoitara com ele naquela noite e fora acordado pelo barulho.

– Não é nada... – respondeu Ignát. – Bobagem. O nosso Testa Branca pegou o costume de dormir no quentinho, com as ovelhas. Só que não entende que pode entrar pela porta, tenta entrar pelo telhado. Noite passada ele desmanchou o telhado e foi passear, o patife, e agora voltou e revolveu o telhado de novo.

– Bobão.

– É sim, rebentou-lhe uma mola no miolo. Detesto de morte bobões! – suspirou Ignát, encarapitando-se no fogão.

– Bem, homem de Deus, ainda é cedo para levantar. Vamos dormir a todo vapor...

E de manhã ele chamou Testa-Branca, puxou-lhe as orelhas dolorosamente e, castigando-o com uma varinha, só fazia repetir:
– Entre pela porta! Entre pela porta! Entre pela porta!

CRIANÇADA

Papai, mamãe e a tia Nádia não estão em casa. Eles foram para um batizado em casa daquele velho oficial que anda num pequeno cavalo cinzento. À espera da sua volta, Gricha, Anya, Alyócha, Sónia e o filho da cozinheira, Andrei, estão na sala de jantar em volta da mesa, jogando loto. Para dizer a verdade, já é hora deles dormirem; mas será possível dormir, sem saber da mamãe como era a criancinha do batizado e o que serviram no jantar? A mesa, iluminada pela lâmpada pendente, está coberta de números, cascas de nozes, papeizinhos e vidrinhos para cobrir os números. No centro da mesa brilha um pires branco com cinco moedas de um copeque. Ao lado do pires, uma maçã semicomida, uma tesoura e um prato, no qual é ordenado depositar as cascas de nozes. As crianças jogam a dinheiro. O cacife é um copeque. Condição: quem trapacear será imediatamente expulso. Na sala de jantar, além dos jogadores, não há mais ninguém. A babá Agáfia Ivánova está sentada lá embaixo, na cozinha, ensinando corte à cozinheira, e o irmão mais velho, Vássia, aluno da quinta classe, está deitado no divã da sala de visitas, entediado.

Eles jogam com frenesi. A maior empolgação está escrita no rosto de Gricha. Ele é um garoto miúdo, de nove anos, cabeça raspada à escovinha, bochechas estufadas e lábios polpudos como um muxoxo. Ele já estudava na classe preparatória, e por isso é considerado grande e o mais inteligente. Ele joga exclusivamente por causa do dinheiro. Não fossem os copeques no pires, ele já há muito estaria dormindo. Seus olhinhos castanhos deslizam inquietos e ciumentos pelas cartelas dos parceiros. O medo de poder não ganhar, a inveja e as considerações financeiras que enchem a sua cabeça raspada não lhe permitem ficar sentado sossegado, concentra-se. Ele se remexe no lugar como sobre alfinetes. Ganhando, agarra o dinheiro com avidez e imediatamente o mete no bolso. Sua irmã Ánya, menina de uns oito anos, de queixo pontudo e olhos verdes e brilhantes, também tem medo de que alguém ganhe. Ela enrubesce, empalidece e vigia atentamente os jogadores. Não lhe interessam os copeques. A sorte no jogo é para ela uma questão de amor-próprio. A outra irmã, Sónia, menina de seis anos, de cabecinha cacheada e uma cor de rosto que só existe em crianças muito saudáveis, em bonecas caras e em caixas de bombons, joga loto em função do processo do jogo. Pelo seu rosto espalha-se o encantamento. Quem quer que ganhe, ela ri às gargalhadas e bate palmas do mesmo modo. Alyócha, um pirralho fofo e esferiforme, bufa, sopra e arregala os olhos para as cartelas. Ele não tem nem ambição, nem amor-próprio. Não o enxotam da mesa, não o metem na cama para dormir – e obrigado por isso. Seu aspecto é fleumático, mas na realidade ele é um bom malandro. Sentou-se à mesa não tanto por causa do loto, quanto pelos mal-entendidos, inevitáveis no decorrer do jogo. Causa-lhe imenso prazer quando alguém bate e xinga outro. Já há muito que ele precisa dar uma certa voltinha, mas ele não sai da mesa nem por um minuto, com medo de que na sua ausência lhe surrupiem os seus vidrinhos e copeques. Como ele só conhece as unidades e os números terminados em zero, Ánya cobre os números por ele. O quinto parceiro, filho da cozinheira, Andrei, menino moreno e doentio, de camisa de chita e cruz de bronze no peito, está de pé, imóvel, olhando para os números com expressão sonhadora. Ele é indiferente aos ganhos e êxitos alheios, porque está todo imerso na aritmética do jogo, na sua descomplicada filosofia: quantos números diferentes não existem no mundo, e como é que eles não se confundem!

Os números são chamados por todos em sucessão, com exceção de Sónia e Alyócha. Em vista da monotonia dos números, a prática elaborou muitos termos e apelidos cômicos. Assim, o sete é chamado pelos jogadores de atiçador, o onze, de pauzinhos, o 77 de Semión Semiónitch, o noventa, de vovô e assim por diante. O jogo corre animado.

– Trinta e dois! – grita Gricha, tirando do chapéu do pai os pequenos cilindros amarelos. – Dezessete! Atiçador! Vinte e oito! – eu te açoito!

Ánya percebe que Andrei deixou passar o 28. Em outra ocasião ela chamaria a sua atenção para isso, mas agora, quando sobre o pires, junto com o copeque, jaz o seu amor-próprio, ela fica triunfante.

– Vinte e três! – continua Gricha. – Semión Semiónitch! Nove!

– Uma barata, uma barata! – grita Sónia, mostrando a barata que corre pela mesa. – Ai!

– Não bata nela – diz Alyócha com voz de baixo. – Quem sabe ela tem filhinhos...

Sónia segue a barata com os olhos e pensa nos seus filhinhos: que minúsculas baratinhas devem ser!

– Quarenta e três! Um! – continua Gricha, sofrendo com o pensamento de que Ánya já marcou dois números. – Seis!

– Completei! Já tenho um completo! – grita Sónia, revirando os olhos, coquete, e rindo às gargalhadas.

Os parceiros ficam de caras compridas.

– Conferir! – diz Gricha, encarando Sónia com raiva.

Apoiado sobre os direitos de maior e mais inteligente, Gricha assume a voz decisiva. O que ele quiser será feito. Conferem a cartela de Sónia demorada e meticulosamente, e para grande desgosto de seus parceiros, constatam que ela não trapaceou. Começa a partida seguinte.

– Mas o que eu vi ontem! – diz Ánya, como que consigo mesma. – Filip Filípitch revirou as pálpebras de um jeito que os olhos dele ficaram vermelhos, horríveis, como de um espírito maligno.

– Eu também vi – diz Gricha. – Oito! Um aluno lá da minha escola sabe mover as orelhas. Vinte e sete!

Andrei move os olhos, os lábios e os dedos, e tem a impressão de que suas orelhas começam a se pôr em movimento. Riso geral!

– É um homem mau, esse Filip Filípitch – suspira Sónia. – Ontem ele entrou no nosso quarto, e eu estava só de camisola... Eu me senti tão indecente!

– Completo! – exclama de repente Gricha, agarrando o dinheiro do pires. – Ganhei! Confiram se quiserem!

O filho da cozinheira levanta os olhos e empalidece.

– Quer dizer que eu não posso jogar mais – sussurra ele.

– Por quê?

– Porque... Porque eu não tenho mais dinheiro.

– Sem dinheiro não pode – diz Gricha.

Por via das dúvidas, Andrei remexe nos bolsos mais uma vez. Não encontrando nada além de migalhas e um lápis roído, ele entorta a boca e começa a piscar os olhos, sofredoramente. Vai já começar a chorar...

– Eu ponho por você! – diz Sónia, não suportando o seu olhar de mártir. – Mas veja bem, devolva depois.

O dinheiro é adiantado e o jogo continua.

– Parece que estão tocando o sino em algum lugar – diz Ánya, arregalando os olhos.

Todos param de jogar e, de boca aberta, olham para as janelas escuras. Atrás da escuridão brilha o reflexo da lâmpada.

– Isto só lhe pareceu.

– De noite, só tocam sino no cemitério... – diz Andrei.

– E para que tocam ali?

– Para os bandidos não entrarem na igreja. Eles têm medo do som do sino.

– E para que os bandidos querem entrar na igreja? – pergunta Sónia.

– Isto é uma coisa muito sabida: para matar os guardas!

Um minuto de silêncio. Todos se entreolham, estremecem e continuam o jogo. Desta vez quem ganha é Andrei.

– Ele trapaceou – rosna Alyócha, sem mais aquela.

– Mentira, eu não trapaceei!

Andrei empalidece, entorta a boca e plaft! na cabeça de Alyócha! Alyócha arregala os olhos furioso, pula, apoia um joelho na mesa e, por sua vez – plaft! na bochecha de Andrei! Ambos trocam mais uma bofetada cada um e desatam a chorar aos berros. Sónia, que não suporta semelhantes horrores, também se põe a chorar, e a sala de jantar ressoa com o berreiro de muitas vozes. Mas não pensem que por isso o jogo terminou. Não passaram nem cinco minutos, e as crianças já estão rindo de novo e conversando pacificamente. Os rostos estão chorosos, mas isto não os impede de sorrir. Alyócha está feliz: houve um mal-entendido!

Na sala de jantar entra Vássia, aluno da quinta classe. Seu aspecto é mal-dormido, desapontado.

"Isto é revoltante!", pensa ele, vendo Gricha a remexer os bolsos, onde tilintam os copeques. "Então já se pode dar dinheiro às crianças? E será admissível permitir-lhes que joguem jogos de azar? Boa pedagogia, não lhes digo nada. Revoltante!"

Mas as crianças jogam com tanto gosto que nele próprio surge a vontade de se juntar a eles e tentar a sorte.

– Esperem, eu também vou jogar com vocês – diz ele.
– Ponha um copeque!
– Já vai – diz ele, vasculhando os bolsos. – Não tenho um copeque, mas tenho aqui um rublo. Eu ponho um rublo.
– Não, não e não. Ponha um copeque!
– Vocês são bobos. Pois um rublo vale muito mais que um copeque! – explica o ginasiano. – Aquele que ganhar terá de me dar o troco.
– Não, por favor! Vá embora!

O aluno da quinta classe dá de ombros e vai para a cozinha, pegar algum trocado com a empregada. Mas na cozinha não se encontra nenhum copeque.

– Neste caso, troque-me o rublo – insiste ele com Gricha, ao voltar da cozinha. – Eu lhe pagarei com juros. Não quer? Então compre-me um rublo por dez copeques.

Gricha olha para Vássia de soslaio, desconfiado: não será isso algum truque, alguma espertezа?

– Não quero – diz ele, segurando o bolso.

Vássia começa a ficar fora de si, a xingar, chamando os jogadores de bobalhões e cabeças de pau.

– Vássia, deixa, eu ponho por você! – diz Sónia. – Sente-se.

O ginasiano senta-se e coloca na sua frente duas cartelas. Ánya começa a ler os números.

– Deixei cair um copeque! – declara de repente Gricha, com voz perturbada. – Esperem!

Eles tiram a lâmpada e se arrastam debaixo da mesa à procura do copeque. As mãos agarram cusparadas, cascas de nozes, as cabeças se chocam, mas o copeque não é encontrado. Recomeçam a procura, e continuam a procura até que Vássia arranca a lâmpada da mão de Gricha e a coloca de volta no lugar. Gricha continua a procurar no escuro.

Mas eis que finalmente o copeque é encontrado. Os parceiros sentam-se à mesa e querem continuar o jogo.

– Sónia está dormindo! – declara Alyócha.

Sónia, com a cabeça cacheada apoiada nos braços, dorme gostoso, um sono despreocupado e profundo, como se estivesse adormecida há uma hora. Ela adormecera sem querer, enquanto os outros procuravam o copeque.

– Vá se deitar na cama de mamãe! – diz Ánya, levando-a embora da sala. – Ande!

Ela é levada por todos num bolo, e cinco minutos depois a cama da mamãe apresenta um espetáculo curioso: Sónia dorme. Ao lado dela, ressona Alyócha. Com a cabeça deitada sobre as pernas dos dois, dormem Gricha e Ánya.

Aqui mesmo, a propósito, ajeitou-se o filho da cozinheira, Andrei. Junto deles se espalham os copeques, que perderam a sua força até o próximo jogo. Boa noite!

Cachtánca

Mau comportamento

Uma cadela nova, ruiva, mistura de bassê com vira-lata, muito parecida de focinho com uma raposa, corria de um lado para outro pela calçada e olhava para os lados, inquieta. De quando em vez ela parava e, chorando, levantando ora uma, ora outra pata enregelada, tentava entender: como lhe acontecera perder-se desse jeito?

Lembrava-se perfeitamente de como passara o dia e como, afinal, viera parar naquela calçada desconhecida.

O dia começara com o seu dono, o marceneiro Lucá, colocando o gorro, metendo debaixo do braço uma certa coisa de madeira embrulhada num lenço vermelho e gritando:

– Cachtánca, vamos!

Ouvindo o seu nome, a mestiça de bassê com vira-lata saiu de sob o banco de marceneiro onde dormia sobre cavacos, espreguiçou-se gostosamente e correu atrás do dono. Os fregueses de Lucá moravam muito longe, tão longe que, antes de chegar à casa de cada um, o marceneiro tinha que entrar várias vezes em algum botequim, a fim de renovar as forças. Cachtánca lembrava-se de ter se comportado de maneira muito inconveniente pelo caminho. De alegria por ter sido levada a passear, ela pulava, atirava-se latindo sobre os bondes de burro, invadia os pátios e perseguia os cachorros. Volta e meia o marceneiro a perdia de vista, parava e gritava com ela, enfezado. Uma vez até, com ar de ferocidade na cara, ele juntou na mão sua orelha de raposa, puxou-a e pronunciou pausadamente:

– Por que não rebenta logo, peste!

Após visitar os fregueses, Lucá fez uma breve visita à irmã, onde bebeu e petiscou alguma coisa. Da casa da irmã, dirigiu-se à casa de um encadernador, seu conhecido; do encadernador para o botequim, do botequim para a casa do compadre, e assim por diante. Em suma, quando Cachtánca foi parar na calçada desconhecida, já estava anoitecendo, e o marceneiro se encontrava numa bebedeira total. Agitava os braços e balbuciava, entre suspiros profundos:

– Em pecado minha mãe me gerou no seu ventre... Ai, meus pecados, meus pecados! Agora caminhamos pelas ruas, olhamos para as luzinhas, mas, quando morrermos, arderemos no fogo do inferno!

Ou então assumia um tom brincalhão, chamava Cachtánca e dizia:

– Você, Cachtánca, é um bicho-inseto. Comparada a um homem, é o mesmo que um carpinteiro comparado a um marceneiro...

Enquanto conversava assim com ele, de repente estrugiu uma música. Cachtánca olhou para trás e viu um regimento de soldados marchando direto para ela. Não suportando a música que lhe irritava os nervos, ela começou a ganir e a uivar. Para seu grande espanto, o marceneiro, em vez de se assustar, ganir e latir, abriu um largo sorriso, aprumou-se em posição de sentido e bateu continência com os cinco dedos espalmados. Vendo que seu dono não protestava, Cachtánca pôs-se a uivar ainda mais alto e, fora de si, precipitou-se atravessando a rua para a calçada oposta.

Quando voltou a si, a música já não tocava mais e o regimento não estava mais lá. Tornou a atravessar a rua para o lugar onde tinha deixado o dono, mas, ai!, o marceneiro já não estava mais ali. Correu para a frente, depois para trás, mas do marceneiro nem sombra, como se a terra o tivesse engolido...

Cachtánca pôs-se a farejar a calçada, na esperança de encontrar o dono pelo cheiro das suas pegadas, mas um patife qualquer já passara por ali com galochas de borracha novas, e agora todos os odores mais finos se misturavam com o ativo fedor da borracha, de modo que não dava para distinguir nada.

Cachtánca corria de um lado para outro e não encontrava o dono, e nesse meio-tempo já começava a escurecer. Dos dois lados da rua acendiam-se os lampiões, e luzes surgiam nas janelas das casas. Uma neve graúda e fofa caía e pintava de branco o calçamento, os lombos dos cavalos, os gorros dos cocheiros, e, quanto mais escurecia o ar, mais brancos ficavam os objetos.

Junto a Cachtánca, fechando-lhe o campo de visão e empurrando-a com os pés, fregueses desconhecidos passavam sem parar para cá e para lá. (Cachtánca dividia toda a humanidade em duas partes desiguais: os patrões e os fregueses; e havia entre as duas categorias uma diferença substancial: os primeiros tinham o direito de espancá-la, mas, quanto aos segundos, ela é que tinha o direito de abocanhar-lhes a barriga da perna.) Os fregueses estavam com muita pressa e não lhe prestavam nenhuma atenção.

Quando escureceu de todo, Cachtánca foi tomada de desespero e terror. Encolheu-se junto à entrada de um prédio e pôs-se a chorar amargamente. Um dia inteiro de andanças com Lucá a deixara fatigada, com as patas e as orelhas entanguidas de frio e, ainda por cima, com uma fome horrível. Durante o dia todo, ela só tivera duas ocasiões de mastigar alguma coisa: em casa do encadernador, onde comera um pouco de cola, e num dos botequins, junto ao balcão, onde encontrara uma casquinha de linguiça, e foi só. Se ela fosse uma pessoa, decerto pensaria: "Não, viver assim é impossível! Só mesmo me matando com um tiro!".

Um desconhecido misterioso

Mas ela não pensava em nada e só chorava. Quando a neve macia e fofa cobriu-lhe completamente as costas e a cabeça e ela mergulhou numa sonolência pesada, de repente a porta da entrada deu um estalo, rangeu e bateu-lhe no lombo. Cachtánca levantou-se de um salto... Pela porta aberta saiu um homem desconhecido, pertencente à categoria dos fregueses. Como Cachtánca tivesse soltado um gemido e se enroscado entre as suas pernas, o homem não pôde deixar de reparar nela. Ele inclinou-se e perguntou:

– Cachorra, de onde você surgiu? Eu te machuquei? Oh, coitada, coitada... Vamos, não se zangue... Desculpe.

Cachtánca encarou o desconhecido através dos flocos de neve grudados às suas pestanas e viu diante de si um homenzinho baixote e gorducho, de cara bochechuda, de cartola e peliça aberta.

– Então, por que está ganindo? – continuou ele, varrendo-lhe a neve das costas com um dedo. – Onde está o seu dono? Decerto você se perdeu? Pobre cadelinha! E o que vamos fazer agora?

Percebendo uma nota bondosa e cordial na voz do desconhecido, Cachtánca deu-lhe uma lambida na mão e ganiu ainda mais tristemente.

– Mas você é boazinha, engraçada!... – disse o desconhecido. – Tal qual uma raposinha! Está bem, fazer o que, venha comigo! Quem sabe você até servirá para alguma coisa... Vamos, fiuuu!

Ele estalou os lábios e acenou para Cachtánca com um gesto que só podia significar uma coisa: "Vamos!". E Cachtánca o seguiu.

Não mais de meia hora depois, ela já estava sentada no chão de um cômodo espaçoso e claro e, com a cabeça inclinada para um lado, fitava o desconhecido, que jantava, sentado à mesa. Ele comia e atirava-lhe uns pedacinhos. Primeiro, deu-lhe pão e uma casquinha verde de queijo, depois um pedacinho de carne, meio pastelzinho, uns ossos de frango, e ela, esfaimada, devorou tudo tão depressa que nem deu para sentir o gosto. E, quanto mais ela comia, mais forte sentia a fome.

– Mas como te alimentam mal os teus donos! – dizia o desconhecido, observando a ânsia feroz com que ela engolia os pedaços, sem mastigar. – E como estás magra! Pele e ossos...

Cachtánca comeu muito, mas não se fartou, só se embriagou de tanto comer. Depois do jantar, aboletou-se no meio da sala, espichou as patas e, sentindo no corpo todo um agradável torpor, abanou o rabo. Enquanto seu novo dono, refestelado na poltrona, fumava um charuto, ela abanava o rabo e resolvia um problema: onde era melhor? Com este desconhecido, ou com o marceneiro? O desconhecido vive num ambiente pobre e feio: além de poltronas, sofá, lâmpada e tapete, ele não tem nada, e a sala parece vazia; já a casa do marceneiro está atulhada de coisas: ele tem uma mesa, um banco alto, um montão de cavacos, plainas, formões, serras, uma gaiola com passarinho, uma tina... A casa do desconhecido não tem cheiro de nada, já na casa do marceneiro paira sempre uma névoa e reina um cheiro maravilhoso de cola, verniz e aparas de madeira. Em compensação, o desconhecido leva uma grande vantagem – dá muita comida e, justiça lhe seja feita, quando Cachtánca estava sentada diante da mesa, fitando-o comovida, ele não lhe deu um só golpe, não bateu os pés e não berrou nem uma vez: "Passa fora, maldita!".

Acabando de fumar o charuto, o novo dono saiu e voltou logo, trazendo nas mãos um colchãozinho.

– Ei, cachorra, vem cá! – disse ele, colocando o colchãozinho no chão, num canto junto ao sofá. – Deita aqui! Dorme!

Em seguida, apagou a luz e saiu. Cachtánca acomodou-se no colchãozinho e fechou os olhos. Da rua ouviam-se latidos e ela quis responder-lhes, mas foi dominada por uma súbita tristeza. Lembrou-se de Lucá, de seu filho Fediúchca, do lugarzinho aconchegante debaixo do banco do marceneiro. Lembrou-se de que, nas longas noites de inverno, quando o marceneiro trabalhava ou lia o jornal em voz alta, Fediúchca costumava brincar com ela. Arrastava-a pelas patas traseiras de sob o banco e executava com ela truques tais que a deixavam enxergando verde e com dores em todas as juntas. Obrigava-a a caminhar nas patas traseiras, fingia que ela era um sino, isto é, puxava-a com força pelo rabo, fazendo-a ganir e latir, forçava-a a cheirar tabaco. Especialmente torturante era o truque seguinte: Fediúchca amarrava um pedacinho de carne na ponta de uma linha e dava-o a Cachtánca, para depois, quando ela engolia a carne, puxá-la de volta do seu estômago, rindo às gargalhadas. E, quanto mais vívidas eram as recordações, mais altos e tristes eram os ganidos de Cachtánca.

Mas logo o cansaço e o calor sobrepujaram a saudade. Ela começou a adormecer. Pela sua imaginação corriam cachorros; passou também um *poodle* felpudo que ela vira na rua, cego de um olho e com tufos de pelos no focinho;

depois, de repente, ele próprio se cobriu de pelos espessos, pôs-se a latir alegremente e apareceu ao lado de Cachtánca. Cachtánca e ele cheiraram-se cordialmente os focinhos e saíram a correr pela rua.

Novas relações, muito agradáveis

Quando Cachtánca acordou, já estava claro, e da rua vinha um barulho que só acontece de dia. No cômodo não havia vivalma. Cachtánca espreguiçou-se, bocejou e, zangada e taciturna, deu uma volta pela sala. Cheirou os cantos e a mobília, espiou o vestíbulo e não encontrou nada de interessante. Além da porta do vestíbulo, havia mais uma porta. Depois de pensar um pouco, Cachtánca pôs-se a arranhá-la com as duas patas, abriu-a e passou para o quarto adjacente. Aqui, sobre uma cama, debaixo de um cobertor de baeta, dormia um freguês, no qual ela reconheceu o desconhecido da véspera.

– Rrrrrr... – rosnou ela, mas, lembrando-se do almoço de ontem, abanou o rabo e pôs-se a farejar.

Cheirou as botas e a roupa do desconhecido e achou que elas tinham um forte cheiro de cavalo. No quarto de dormir havia outra porta, também fechada. Cachtánca arranhou essa porta, forçou-a com o peito, abriu-a e logo sentiu um odor estranho e muito suspeito. Pressentindo um encontro desagradável, rosnando e olhando para trás, Cachtánca passou para um quarto pequeno, forrado com papel de parede sujo, e recuou, amedrontada. Vira algo de inesperado e assustador: de pescoço e cabeça abaixados, as asas escancaradas, um grande ganso cinzento avançava para ela, chiando. Um pouco de lado, sobre um colchãozinho, repousava um gato branco. Vendo Cachtánca, ele ergueu-se de um pulo, empinou o rabo, eriçou o pelo e também se pôs a chiar. A cadela assustou-se de fato, mas, não querendo mostrar seu medo, latiu alto e avançou para o gato. Este arqueou o dorso mais ainda, soltou outro chiado e deu uma patada na cabeça de Cachtánca. A cadela pulou para um lado, agachou-se sobre as quatro patas e, espichando o focinho para o gato, prorrompeu num latido longo e estridente. Nesse ínterim o ganso investiu por trás dela e deu-lhe uma bicada forte e dolorosa nas costas. Cachtánca pulou e atirou-se contra o ganso...

– O que é isso? – ouviu-se uma voz alta e zangada, e o desconhecido entrou no quarto, de roupão e charuto entre os dentes. – O que significa isso? Já para os seus lugares!

Ele aproximou-se do gato, deu-lhe um piparote no lombo recurvo e disse:

– Fiódor Timofêitch, o que significa isso? Aprontaram uma briga? Eh, patife velho! Deita já!

E, voltando-se para o ganso, gritou:

– Iván Ivánitch! Já para o lugar!

O gato deitou-se, obediente, no seu colchãozinho, e fechou os olhos. A julgar pela expressão do seu focinho e bigodes, ele mesmo estava descontente por ter se esquentado e entrado na briga. Cachtánca pôs-se a ganir, ofendida, enquanto o ganso esticava o pescoço e se punha a falar de alguma coisa, depressa, de maneira acalorada e distinta, mas extremamente incompreensível.

– Está bem, está bem – disse o patrão, bocejando. – É preciso viver em paz e amizade. – Fez um carinho em Cachtánca e continuou: – E você, ruivinha, não tenha medo... Este povinho é bom, não vai maltratá-la. Espere, como é que vamos te chamar? Sem nome não dá, mana.

O desconhecido pensou um pouco e disse:

– Pronto, esta aí... Você será: Titia... Entendeu? Titia!

E, tendo repetido algumas vezes a palavra "Titia", ele saiu.

Cachtánca sentou-se e começou a observar. O gato permanecia imóvel sobre o colchãozinho e parecia dormir. O ganso, esticando o pescoço e sapateando no mesmo lugar, continuava a falar alguma coisa, depressa e com ardor. Evidentemente, tratava-se de um ganso muito inteligente: após cada longa tirada, ele sempre recuava com um ar de espanto, dando a entender que estava entusiasmado com o próprio discurso.

Depois de tê-lo escutado e respondido "rrrrr...", Cachtánca pôs-se a farejar os cantos do quartinho. Num dos cantos havia uma pequena tina com ervilhas e cascas de pão de centeio molhadas. Provou as ervilhas e não gostou; provou as cascas de pão e começou a comê-las. O ganso não se ofendeu nem um pouco com o fato de um cachorro desconhecido comer a sua ração, mas, pelo contrário, pôs-se a falar com mais calor ainda, a fim de demonstrar a sua confiança, depois aproximou-se da tina e comeu alguns grãos de ervilha.

Toda sorte de maravilhas

Pouco depois, o desconhecido voltou, trazendo consigo um objeto estranho, parecido com um portão ou com um arco na forma da letra "n", de linhas retas. Da trave superior dessa tosca armação de madeira pendia um sino e havia ali, amarrada, uma pistola; do badalo do sino e do gatilho da pistola pendiam barbantes. O desconhecido colocou o arco no meio do quarto, demorou-se amarrando e desamarrando alguma coisa, depois olhou para o ganso e disse:

– Iván Ivánitch, tenha a bondade!

O ganso aproximou-se e ficou em posição de expectativa.

– Bem – disse o desconhecido –, comecemos pelo princípio. Em primeiro lugar, cumprimente e faça uma reverência. Rápido!

Iván Ivánitch esticou o pescoço, inclinou a cabeça em todas as direções e juntou as patas numa vênia.

– Muito bem, bom rapaz... Agora morra!

O ganso caiu de costas e esticou as patas para cima. Tendo executado mais alguns desses truques irrelevantes, o desconhecido subitamente pôs as mãos na cabeça, fez uma cara de terror e gritou:

– Socorro! Fogo! Incêndio! Acudam!

Ivan Ivánitch correu para o arco, agarrou um dos barbantes com o bico e pôs-se a tanger o sino.

O desconhecido ficou muito satisfeito. Acariciou o pescoço do ganso e disse:

– Bom rapaz, Iván Ivánitch! Agora imagine que você é um joalheiro que vende ouro e brilhantes. Imagine agora que você chega à sua loja e a encontra invadida por ladrões. O que você faria em tal situação?

O ganso tomou no bico o outro barbante e puxou, o que produziu imediatamente um tiro ensurdecedor. O badalar do sino agradou muito a Cachtánca, mas o tiro a entusiasmou tanto, que ela se pôs a correr em volta do arco, latindo.

– Titia, já para o seu lugar! – gritou-lhe o desconhecido. – Cale-se!

O trabalho de Iván Ivánitch terminou com o tiro. Durante uma hora inteira, o desconhecido o fez correr em volta de si, estalando o chicote, ao que o ganso era obrigado a pular uma barreira, saltar por um arco, empinar-se, isto é, sentar-se sobre o rabo e agitar as patinhas. Cachtánca não tirava os olhos de cima de Iván Ivánitch, uivava de entusiasmo, e várias vezes chegou a correr atrás dele, com sonoros latidos. Tendo fatigado o ganso e a si mesmo, o desconhecido enxugou o suor da testa e gritou:

– Mária, traga aqui a Khavrônia Ivánovna.

Um momento depois, ouviram-se grunhidos... Cachtánca rosnou, assumiu um ar de valentia e, por via das dúvidas, achegou-se mais ao patrão. A porta se abriu, uma velhota espiou para dentro do quarto e, dizendo qualquer coisa, fez entrar uma porca muito feia. Sem dar atenção aos rosnidos de Cachtánca, a porca arrebitou o focinho-moedinha e pôs-se a grunhir alegremente. Percebia-se que lhe era muito agradável ver o seu dono, o gato e o ganso. Quando ela se aproximou do gato, cutucando-lhe a barriga com o focinho, e quando depois entabulou conversa com o ganso, seus movimentos, sua voz e os tremores do seu rabinho exprimiam grande alegria. Cachtánca compreendeu na hora que rosnar e latir para semelhante personagem era de todo inútil.

O patrão retirou a armação e gritou:

– Fiódor Timofêitch, tenha a bondade!

O gato levantou-se, espreguiçou-se languidamente e, sem vontade, como quem faz um favor, acercou-se da porca.

– Bem, comecemos pela pirâmide egípcia – disse o patrão.

Demorou-se explicando alguma coisa, depois comandou:

– Um, dois, três!

À palavra "três", Iván Ivánitch bateu as asas e saltou sobre o dorso da porca... Quando, equilibrando-se com as asas e o pescoço, ele se estabilizou no dorso cerdoso de Khavrônia Ivánovna, Fiódor Timofêitch, mole e preguiçoso, com evidente descaso e o ar de quem não dá nada pela sua arte, subiu nas costas da porca e depois, de má vontade, encarapitou-se sobre o ganso e ergueu-se nas patas traseiras.

Resultou aquilo que o desconhecido denominava "pirâmide egípcia". Cachtánca soltou um ganido de entusiasmo, mas nisso o velho gato bocejou e, perdendo o equilíbrio, caiu do ganso. Iván Ivánitch cambaleou e se despencou também. O desconhecido começou a gritar, a abanar os braços, e pôs-se de novo a explicar alguma coisa. Tendo lidado uma hora inteira com a pirâmide, o infatigável patrão começou a ensinar Iván Ivánitch a cavalgar o gato, depois a ensinar o gato a fumar, e assim por diante.

A aula terminou com o desconhecido enxugando o suor da fronte e saindo. Fiódor Timofêitch bufou enojado, deitou-se no colchãozinho e fechou os olhos. Iván Ivánitch dirigiu-se para a sua tina e a porca foi embora, levada pela velha.

Graças ao acúmulo de novas impressões, o dia passou despercebido para Cachtánca, e à noite ela já estava instalada, com o seu colchãozinho, no quartinho de paredes forradas de papel sujo, e pernoitou em companhia do gato Fiódor Timofêitch e do ganso Iván Ivánitch.

Um talento! Um talento!

Transcorreu um mês.

Cachtánca já se acostumara a ser alimentada todos os dias com um jantar saboroso e a ser chamada de "Titia". Acostumou-se também com o desconhecido e com os novos companheiros de moradia. A sua vida corria suavemente.

Todos os dias começavam da mesma maneira. Habitualmente, o primeiro a acordar era Iván Ivánitch, e incontinenti se aproximava da Titia ou do gato, curvava o pescoço e punha-se a falar de algo, de maneira acalorada e convincente, mas como sempre incompreensível. Às vezes, erguia a cabeça para o alto e proferia longos monólogos. Nos primeiros dias do seu relacionamento, Cachtánca pensava que ele falava tanto por ser muito inteligente, mas pouco depois ela já perdia qualquer respeito por ele; e, quando o ganso a abordava com seus longos discursos, ela já não abanava o rabo, mas tratava-o como se trata um tagarela enfadonho que não deixa ninguém dormir, e respondia-lhe sem nenhuma cerimônia com um "rrrrr...".

Já Fiódor Timofêitch era um cavalheiro de outra categoria. Ele, ao acordar, não emitia som algum, não se mexia e nem sequer abria os olhos. Preferiria até não acordar de todo, pois evidentemente não morria de amores pela vida. Nada o interessava, mantinha uma atitude indolente e desdenhosa para com tudo, e até mesmo quando consumia o seu saboroso jantar bufava enfadado.

Ao acordar, Cachtánca punha-se a passear pelos quartos e a farejar os cantos. Só ela e o gato tinham permissão de perambular pela moradia toda: já o ganso não tinha o direito de ultrapassar a soleira do quartinho de paredes forradas de papel sujo, enquanto Khavrônia Ivánovna morava num chiqueirinho num canto do pátio e só aparecia na hora da aula.

O patrão acordava tarde e, tendo tomado o seu chá, punha-se logo a treinar os seus truques. Todos os dias, trazia para o quartinho aquela armação, o chicote, os arcos, e todos os dias executava quase as mesmas coisas. A aula demorava umas três, quatro horas, de modo que às vezes Fiódor Timofêitch cambaleava como um bêbado, de tanto cansaço, Iván Ivánitch abria o bico e respirava ofegante, e o próprio patrão ficava vermelho e não parava de enxugar o suor da testa.

A aula e o jantar tornavam o dia muito interessante, mas as noites eram um tanto tediosas. Geralmente à noite o patrão saía com destino ignorado, levando consigo o ganso e o gato. Ficando sozinha, Titia deitava-se no colchãozinho e aos poucos ia entristecendo. A tristeza chegava sorrateira, disfarçada e gradativa, e apossava-se dela como a escuridão se apossa do quarto. De início, a cadela perdia qualquer vontade de latir, comer, correr pelos quartos e até mesmo de olhar. Depois, surgiam na sua imaginação duas figuras estranhas e vagas, algo entre cachorros e pessoas, de fisionomias simpáticas, agradáveis, mas incompreensíveis: quando apareciam, Titia abanava o rabo e tinha a impressão de que, em algum tempo, em algum lugar, ela as conhecera e amara... E, toda vez que adormecia, tinha a sensação de que esses vultos cheiravam a cola, cavacos de madeira e verniz.

Quando Cachtánca já estava totalmente acostumada a esse novo modo de viver e, de vira-lata magra e ossuda, transformara-se numa cachorra bem-nutrida e bem-tratada, certa vez, antes da aula, o patrão fez-lhe um agrado e disse:

– Já é tempo, Titia, de começarmos a trabalhar. Chega de ficar à toa, vadiando. Quero fazer de você uma artista... Você quer ser artista?

E começou a ensinar-lhe toda sorte de ciências. Na primeira aula, ela aprendeu a ficar de pé e a andar nas patas traseiras. Na segunda aula, tinha de saltar nas patas traseiras e apanhar o torrão de açúcar que o mestre erguia bem alto sobre a sua cabeça. Depois, nas aulas seguintes, ela dançou, correu na ponta de uma corda, uivou com acompanhamento musical, tocou o sino e disparou a pistola, e um mês depois já era capaz de substituir com perfeição Fiódor Timofêitch na pirâmide egípcia.

Cachtánca aprendia com muito boa vontade e ficava contente com os seus sucessos: a corrida de língua de fora na ponta da corda, o saltar pelo arco e o cavalgar o velho Fiódor Timofêitch causavam-lhe o maior deleite. Cada truque bem-sucedido era acompanhado de latidos sonoros e entusiásticos, enquanto o mestre, admirado, também se entusiasmava e esfregava as mãos.

– Um talento! Um talento! – dizia ele. – Um talento insofismável! Positivamente, será um sucesso!

E Titia acostumou-se tanto à palavra "sucesso" que, toda vez que o dono a pronunciava, ela pulava e olhava para os lados como se esse fosse o seu próprio nome.

Uma noite agitada

Titia teve um sonho canino, no qual era perseguida por um zelador de vassoura na mão, e acordou de medo.

O quarto estava silencioso, escuro e abafado. As pulgas picavam. Nunca antes Titia tivera medo do escuro, mas agora, inexplicavelmente, sentia receio e vontade de latir. No quarto vizinho, o patrão deu um suspiro sonoro, logo a seguir a porca grunhiu no seu chiqueirinho, e o silêncio voltou a reinar. Quando se pensa em comida, o coração fica mais leve, e Titia começou a pensar em como furtara hoje de Fiódor Timofêitch uma pata de galinha, que escondera na sala de visitas, entre o bufê e a parede, onde havia muita poeira e teias de aranha. Não seria mau dar uma espiada agora, para ver se a pata ainda estava inteira... Pode bem ser que o patrão a encontrara e comera.

Mas antes do amanhecer não se podia sair do quarto – era o regulamento. Titia fechou os olhos para adormecer mais depressa, porque sabia por experiência que, quanto mais cedo se adormece, mais cedo chega a manhã. Mas de repente, não longe dela, soou um grito estranho, que a fez estremecer e pôr-se de pé nas quatro patas. O grito partira de Iván Ivánitch, mas não era o seu grito tagarela e convincente, como de costume, e, sim, um grito selvagem, estridente e antinatural, parecia o ranger de um portão velho. Não enxergando no escuro e não entendendo, Titia sentiu um medo maior ainda e rosnou:

– Rrrrrr...

Passou um pouco de tempo, o suficiente para se roer um bom osso; o grito não se repetiu. Titia foi se acalmando aos poucos e cochilou. Sonhou com dois grandes cães pretos, com tufos de pelos do ano passado nos flancos e no lombo; eles devoravam com grande voracidade restos de comida em água de lavagem numa grande tina, da qual subia um vapor esbranquiçado e um cheiro muito gostoso. De vez em quando, eles olhavam para Titia, arreganhavam os dentes e rosnavam: "Não te daremos nada!". Mas aí saiu da casa um camponês de peliça e enxotou-os com um chicote; então Titia aproximou-se da tina e começou a comer, mas, assim que o homem saiu pelo portão, os dois canzarrões negros atiraram-se sobre ela, rosnando, e então soou de novo aquele grito estridente.

– Gué! Gué-gué-gué! – gritou Iván Ivánitch.

Titia acordou, ficou de pé num salto e, sem sair do colchão, prorrompeu num latido-uivo. Já lhe parecia que quem gritava não era Iván Ivánitch, mas um outro, um desconhecido. E no chiqueirinho, por qualquer razão, a porca grunhiu de novo.

Mas aí se ouviu um arrastar de chinelos, e o patrão entrou no quarto, de roupão e com uma vela na mão.

A luz trêmula pulou pelas paredes forradas de papel sujo e pelo forro e enxotou as trevas. Titia viu que não havia nenhum estranho no quarto. Iván Ivánitch estava agachado no chão e não dormia. Tinha as asas escanchadas e o bico aberto, e todo o seu aspecto sugeria fadiga e sede. O velho Fiódor Timofêitch também não dormia. Decerto também ele fora acordado pelo grito.

– Iván Ivánitch, o que é que você tem? – perguntou o patrão ao ganso. – Por que grita? Está doente?

O ganso não respondeu. O patrão tocou-lhe o pescoço, afagou-lhe o dorso e disse:

– Você é um esquisitão. Não dorme nem deixa os outros dormirem.

Quando o patrão saiu, levando a luz consigo, a escuridão voltou a reinar. Titia estava com medo. O ganso não gritava mais, mas ela tinha de novo a sensação de que havia alguém estranho no quarto. E o mais assustador era que não se podia morder esse estranho, pois era invisível e não tinha forma. E ela pensava, sem saber por que, que nessa noite aconteceria alguma coisa muito ruim. Fiódor Timofêitch também estava inquieto. Titia o escutava remexendo-se no seu colchãozinho, bocejando e sacudindo a cabeça.

Lá fora, na rua, alguém bateu num portão e a porca grunhiu no seu chiqueirinho. Titia começou a ganir, esticou as patas dianteiras e descansou a cabeça sobre elas. No bater do portão, no grunhir da porca inexplicavelmente desperta, no escuro e no silêncio, pareceu-lhe ouvir algo de tão triste e assustador como no grito de Iván Ivánitch. Tudo era alarme e inquietação, mas por quê? Quem era esse estranho que não se podia ver? Súbito, ao lado de Titia, acenderam-se por um instante duas fagulhas verdes e foscas: pela primeira vez desde que se conheceram, Fiódor Timofêitch aproximou-se dela. De que precisava? Titia deu-lhe uma lambida na pata e, sem perguntar-lhe a que viera, pôs-se a uivar um uivo baixo e modulado.

– Gué-Gué! – gritou Iván Ivánitch. – Gué-gué! – Gué-gué!

A porta abriu-se de novo e o patrão entrou com a vela. O ganso continuava na posição anterior, o bico aberto e as asas escanchadas. Seus olhos estavam fechados.

– Iván Ivánitch! – chamou o patrão.

O ganso não se mexeu. O patrão sentou-se no assoalho a seu lado, ficou um momento olhando para ele em silêncio, e disse:

– Iván Ivánitch? O que é isso? Você não está morrendo? Oh, agora eu me lembro, já me lembro! – exclamou ele, pondo as mãos na cabeça. – Já sei a razão disso! É porque hoje você levou um pisão de um cavalo! Meu Deus, meu Deus!

Titia não entendia o que o patrão falava, mas pelo seu rosto percebeu que ele esperava alguma coisa terrível. Esticou o focinho pela janela escura, pela qual lhe parecia que espiava um estranho, e desatou a uivar.

– Ele está morrendo, Titia! – disse o patrão, juntando as mãos. – Sim, sim, está morrendo! A morte entrou neste quarto. Que vamos fazer?

Pálido e perturbado, o patrão voltou para o seu quarto, suspirando e balançando a cabeça. Titia teve medo de ficar sozinha no escuro e foi atrás dele. Ele sentou-se na cama e repetiu algumas vezes:

– Meu Deus, meu Deus, o que é que nós vamos fazer?

Titia andava junto aos pés do patrão, sem atinar por que sentia tamanha angústia e por que estavam todos tão alarmados, e, tentando compreender, observava cada um dos seus movimentos. Fiódor Timofêitch, que raramente deixava seu colchãozinho, também entrou no dormitório do patrão e ficou se esfregando nas pernas dele. Sacudia a cabeça, como querendo enxotar pensamentos dolorosos, e espiava desconfiado debaixo da cama.

O patrão pegou um pires, encheu-o de água do lavatório e voltou-se para o ganso:

– Beba, Iván Ivánitch – disse com ternura, colocando o pires na frente do seu bico –, beba, amigo.

Mas Iván Ivánitch não se mexia nem abria os olhos. O patrão baixou-lhe a cabeça para o pires, mergulhou-lhe o bico na água, mas o ganso não bebia, escanchou ainda mais as asas e sua cabeça permaneceu ali mesmo, deitada sobre o pires.

– Não, já não se pode fazer mais nada! – suspirou o patrão. – Está tudo acabado. Ivan Ivánitch está perdido.

E pelas suas bochechas deslizaram umas gotinhas brilhantes, dessas que aparecem nas vidraças das janelas em dias de chuva. Sem entender, Titia e Fiódor Timofêitch se aconchegaram a ele e olhavam para o ganso, horrorizados.

– Pobre Iván Ivánitch! – dizia o patrão, suspirando tristemente. – E eu que sonhava levá-lo na primavera para o campo, passear com ele na relva verdinha. Querido bichinho, meu bom companheiro, você já não existe mais! Como é que eu vou passar sem você, agora?

Titia tinha a sensação de que com ela ia acontecer a mesma coisa, isto é, que também ela, desse mesmo jeito, sem saber por que, fecharia os olhos, esticaria as patas, arreganharia os beiços e todos olhariam para ela, horrorizados. Aparentemente, ideias semelhantes passavam pela cabeça de Fiódor Timofêitch. Nunca antes o velho gato estivera tão casmurro e taciturno como agora.

Amanhecia, e no quartinho já não estava mais aquele estranho invisível que tanto assustara Titia. Quando amanheceu de todo, veio o zelador, pegou o ganso pelas patas e levou-o embora. Pouco depois apareceu a velha e levou a pequena tina.

Titia foi para a sala e espiou atrás do bufê: o patrão não comera a patinha de frango, que continuava no mesmo lugar, no meio do pó e das teias de aranha. Mas Titia estava triste, aflita e com vontade de chorar. Nem cheirou a patinha, mas meteu-se embaixo do sofá, sentou-se ali e começou a ganir baixo, com a voz fininha:

– Uuuuu... uuuuu... uuuu...

Estreia infeliz

Uma bela noite, o patrão entrou no quartinho de paredes forradas de papel sujo e disse, esfregando as mãos:

– Então...

Ele queria dizer alguma coisa, mas não disse e saiu. Titia, que durante as aulas tivera ocasião de estudar-lhe à vontade o rosto e as entonações, adivinhou que ele estava perturbado, preocupado e aparentemente zangado. Pouco depois ele voltou e disse:

– Hoje levarei comigo Titia e Fiódor Timofêitch. Na pirâmide egípcia, você, Titia, substituirá hoje o falecido Iván Ivánitch. É o diabo! Nada está pronto, não está decorado, tivemos poucos ensaios! Será uma vergonha, um fracasso!

Ele saiu de novo e logo voltou, de peliça e cartola. Aproximou-se do gato, pegou-o pelas patas, suspendendo-o, e escondeu-o sobre o peito, debaixo da peliça, no decorrer do que Fiódor Timofêitch mostrou grande indiferença e nem se deu ao trabalho de abrir os olhos. Aparentemente, para ele tanto fazia ficar deitado ou ser suspenso pelas patas, rolar no colchãozinho ou repousar no regaço do dono, debaixo da peliça:

– Titia, vamos! – disse o patrão.

Sem entender nada e abanando o rabo, Titia o seguiu. Um minuto depois ela já estava sentada dentro do trenó aos pés do patrão, ouvindo como ele resmungava, encolhendo-se de frio e preocupação:

– Vai ser uma vergonha! Um fiasco!

O trenó parou diante de uma casa grande e esquisita, que parecia uma sopeira invertida. A extensa entrada dessa casa, com três portas de vidro, estava iluminada por uma dúzia de lampiões brilhantes. As portas se abriam com estrondo e, como bocas, engoliam as pessoas que se agitavam na entrada. Havia muita gente, havia também cavalos chegando à entrada, mas não havia cachorros à vista.

O patrão pegou Titia ao colo e meteu-a sobre o peito, por baixo da peliça, onde já se encontrava Fiódor Timofêitch. Ali era escuro e abafado, mas quentinho. Por um instante acenderam-se duas faíscas verdes e foscas – era o gato que abrira os olhos, incomodado pelas patas ásperas e frias da vizinha. Titia lambeu-lhe a orelha e, querendo instalar-se mais comodamente, começou a se mexer, amassou-o debaixo das patas frias e sem querer pôs a cabeça para fora, mas incontinenti deu um rosnido zangado e mergulhou de volta para dentro da peliça. Pareceu-lhe ter visto um cômodo enorme e mal-iluminado, cheio de monstros. De trás de cercas e grades, que se estendiam por todo o comprimento do recinto, espiavam carantonhas horrendas: cavalares, chifrudas, orelhudas, e uma outra, enorme, com um rabo no nariz e dois grandes ossos já roídos e limpos de carne projetando-se para fora da boca.

O gato soltou um miado roufenho sob as patas de Titia, mas neste momento a peliça se abriu, o patrão disse "upa!" e Fiódor Timofêitch e Titia pularam para o chão. Encontravam-se agora num pequeno quarto de paredes cinzentas, de tábuas. Aqui, afora uma pequena mesa com espelhos, um tamborete e uns trapos pendurados pelos cantos, não havia mobília nenhuma; e, em lugar de lâmpada ou vela, uma pequena chama brilhante em forma de leque ardia na ponta de um tubinho pregado na parede.

Fiódor Timofêitch lambeu seu pelo amassado por Titia, meteu-se embaixo do tamborete e deitou-se.

O patrão, sempre agitado e esfregando as mãos, começou a tirar a roupa... Despiu-se da mesma forma como costumava despir-se em casa, quando se preparava para se deitar sob o cobertor de baeta, isto é, tirou tudo, além da roupa de baixo, depois sentou-se no tamborete e, mirando-se no espelho, pôs-se a fazer coisas estranhas consigo mesmo. Primeiro, colocou na cabeça uma peruca repartida no meio com duas melenas dos lados, parecendo chifres; depois, lambuzou a cara com algo branco e espesso e, por cima da pintura branca, desenhou sobrancelhas, bigodes e bochechas coradas. Suas invencionices não terminaram com isso. Tendo lambuzado o rosto e o pescoço, ele começou a envergar um traje assaz extraordinário, que não se parecia com nada que Titia tivesse visto antes, em casa ou nas ruas. Imaginem umas pantalonas longuíssimas, feitas de chita com flores graúdas, daquela usada em casas de gosto provinciano para cortinas e estofamentos, umas pantalonas abotoadas bem debaixo das axilas, com uma perna de chita marrom, outra de chita amarela. Afogado nelas, o patrão ainda vestiu um casaquinho de chita com grande gola e uma enorme estrela nas costas, meias multicores e sapatões verdes...

Titia sentiu uma tontura colorida nos olhos e na alma. A figura de cara alvacenta e forma de saco tinha cheiro de patrão, a voz também era a do patrão, conhecida, mas por momentos a dúvida assaltava Titia, e então ela tinha vontade de fugir daquele vulto colorido e de latir.

O lugar estranho, a chama em forma de leque, o cheiro, a transformação do patrão, tudo isso lhe inspirava um medo vago e um pressentimento de que fatalmente ela iria se defrontar com algum horror, como a carantonha gorda de rabo no lugar do nariz. E ainda por cima, ao longe, atrás da parede, soava uma música odiosa e ouvia-se por vezes um rugir incompreensível. Uma única coisa tranquilizava Titia – era a calma imperturbável de Fiódor Timofêitch. O gato dormitava tranquilamente debaixo do tamborete e não abria os olhos nem mesmo quando este se movia.

Um homem desconhecido, de fraque e colete branco, espiou para dentro do quartinho e disse:

– Agora é a apresentação de Miss Arabela. Depois dela, é o senhor.

O patrão não respondeu nada. Tirou uma maleta de sob a mesa, sentou-se e ficou esperando. Pelos seus lábios e pelas suas mãos percebia-se que estava perturbado, e Titia ouviu a sua respiração desigual.

– Mister George, é a sua vez! – gritou alguém atrás da porta.

O patrão levantou-se, persignou-se três vezes, depois tirou o gato de sob o tamborete e meteu-o na mala.

– Vamos, Titia! – disse ele em voz baixa.

Titia, sem entender nada, aproximou-se das suas mãos; ele beijou-a na cabeça e a colocou ao lado de Fiódor Timofêitch. Então baixaram as trevas... Titia pisava no gato, arranhava as paredes da mala e, de pavor, não conseguia emitir um som, enquanto a mala balouçava, como sobre ondas, e estremecia...

– Aqui estou eu! – gritou bem alto o patrão. – Aqui estou eu!

Titia sentiu que depois desse grito a mala bateu em algo duro e parou de balançar. Ouviu-se um urrar sonoro e compacto: alguém levava palmadas, e este alguém, decerto a carantonha de rabo em vez de nariz, rugia e gargalhava tão alto que fazia tremerem os trincos da mala. Em resposta ao urro, soou o riso agudo e estridente do patrão, um riso que ele nunca rira em casa.

– Ah! – berrou ele, esforçando-se por cobrir os urros. – Respeitável público! Estou chegando da estação! Morreu minha vovozinha e deixou-me uma herança! Dentro desta mala há alguma coisa muito pesada – decerto é ouro... Ha ha... E se for um milhão? Já vamos abrir e verificar...

Estalou o trinco da mala. A luz ofuscante agrediu os olhos de Titia, ela pulou para fora da mala e, atordoada pelos urros, desandou a correr depressa, a todo o galope, em volta do patrão, prorrompendo em sonoros latidos.

– Ah! – berrou o patrão. – Titio Fiódor! Caríssima Titia! Queridos parentes, o diabo que os carregue!

Caiu de barriga sobre a areia, agarrou o gato e Titia e pôs-se a abraçá-los. Enquanto ele a apertava nos braços, Titia pôde observar de relance aquele mundo no qual a lançara o destino e, maravilhada com a grandiosidade dele, ficou por um instante petrificada de assombro e encantamento; mas logo arrancou-se dos braços do patrão e, avassalada pela força das impressões, começou a girar no mesmo lugar como um pião. O mundo novo era grande e cheio de luzes ofuscantes. E para onde quer que olhasse, por toda parte, desde o chão até o teto, viam-se apenas caras, caras e nada mais.

– Titia, queira sentar-se, por favor! – gritou o patrão.

Lembrando-se do significado disso, Titia pulou para a cadeira e sentou-se. Fitou o patrão. Seus olhos, como sempre, estavam sérios e carinhosos, mas o rosto, em especial a boca e os dentes, estava desfigurado por um sorriso rasgado e imóvel. Ele próprio gargalhava, pulava, mexia os ombros e fingia que estava muito alegre na presença daqueles milhares de rostos. Titia acreditou na sua alegria, sentiu de repente com todo o corpo que esses milhares de caras olhavam para ela, e então apontou para o alto o seu focinho de raposa e soltou um longo uivo de alegria.

– A senhora, Titia, fique sentadinha aí, enquanto eu e o tio Fiódor dançamos um pouco.

Fiódor Timofêitch estava parado, esperando a hora de ser obrigado a fazer bobagens, e lançava olhares indiferentes para os lados. Dançou com ar desinteressado, preguiçoso e taciturno, e pelos seus movimentos, pela cauda e pelos bigodes, percebia-se o desprezo profundo que ele nutria pela multidão, pelas luzes brilhantes, pelo patrão e por si mesmo... Tendo dançado a sua parte, ele bocejou e sentou-se.

– E agora, Titia – disse o patrão –, para começar vamos cantar um pouco, depois vamos dançar. Está bem?

Tirou do bolso uma gaitinha e começou a tocar. Titia, que não suportava música, mexeu-se na cadeira, inquieta, e desandou a uivar. De todos os lados ouviam-se urros e aplausos. O patrão agradeceu com uma inclinação e, quando o silêncio se restabeleceu, continuou a tocar. Súbito, durante a execução de uma nota muito alta, alguém lá em cima, no meio do público, soltou uma sonora interjeição.

– Pai-ê! – gritou uma voz infantil. – Mas aquela ali é a Cachtánca!

– E é a Cachtánca mesmo! – confirmou um tenorzinho ébrio e tremido. – Cachtánca! Fediúchca, que Deus me castigue, aquela é a própria Cachtánca! Fiuúuuuu!

Alguém assobiou na galeria e duas vozes, uma infantil, outra masculina, chamaram alto:

– Cachtánca! Cachtánca!

Titia estremeceu e olhou para o lugar de onde vinham os gritos. Dois rostos, um cabeludo, bêbado e sorridente, outro bochechudo, corado e assustado, agrediram-lhe os olhos, como antes os tinha agredido a luz violenta... Titia lembrou-se, caiu da cadeira, debateu-se na areia, depois se levantou de um salto e, ganindo de alegria, precipitou-se para aqueles rostos. Ouviu-se um urro ensurdecedor, varado por assobios e estridentes gritos infantis:

– Cachtánca! Cachtánca!

Titia saltou o cercado, depois, pulando por cima de um ombro qualquer, foi parar numa frisa; para alcançar o andar seguinte era preciso pular um muro bem alto. Titia saltou, mas não conseguiu e arrastou-se de volta, escorregando pelo muro abaixo. Depois, foi passando de mão em mão, lambeu rostos e mãos desconhecidos, deslocou-se cada vez mais para o alto e por fim atingiu a galeria...

Meia hora depois, Cachtánca já trotava pela rua atrás das pessoas que cheiravam a cola e verniz. Lucá cambaleava e, instintivamente, ensinado pela experiência, procurava conservar-se longe da sarjeta.

– No abismo do pecado eu me arrasto... – balbuciava ele. – Mas você, Cachtánca, é uma interrogação. Diante de um homem, você é o mesmo que um carpinteiro diante de um marceneiro.

Ao seu lado marchava Fediúchca, com o boné do pai na cabeça. Cachtánca olhava para as costas de ambos, e parecia-lhe que andava assim atrás deles há muito tempo, contente porque a sua vida não se interrompera nem por um minuto.

Lembrou-se do quartinho de paredes forradas de papel sujo, do ganso, do gato Fiódor Timofêitch, dos jantares saborosos, das aulas, do circo, mas tudo isso lhe parecia agora um sonho mau, confuso e prolongado...

Coleção L&PM POCKET (Lançamentos mais recentes)

936(21). **Marilyn Monroe** – Anne Plantagenet
937. **China moderna** – Rana Mitter
938. **Dinossauros** – David Norman
939. **Louca por homem** – Claudia Tajes
940. **Amores de alto risco** – Walter Riso
941. **Jogo de damas** – David Coimbra
942. **Filha é filha** – Agatha Christie
943. **M ou N?** – Agatha Christie
945. **Bidu: diversão em dobro!** – Mauricio de Sousa
946. **Fogo** – Anaïs Nin
947. **Rum: diário de um jornalista bêbado** – Hunter Thompson
948. **Persuasão** – Jane Austen
949. **Lágrimas na chuva** – Sergio Faraco
950. **Mulheres** – Bukowski
951. **Um pressentimento funesto** – Agatha Christie
952. **Cartas na mesa** – Agatha Christie
954. **O lobo do mar** – Jack London
955. **Os gatos** – Patricia Highsmith
956(22). **Jesus** – Christiane Rancé
957. **História da medicina** – William Bynum
958. **O Morro dos Ventos Uivantes** – Emily Brontë
959. **A filosofia na era trágica dos gregos** – Nietzsche
960. **Os treze problemas** – Agatha Christie
961. **A massagista japonesa** – Moacyr Scliar
963. **Humor do miserê** – Nani
964. **Todo o mundo tem dúvida, inclusive você** – Édison de Oliveira
965. **A dama do Bar Nevada** – Sergio Faraco
969. **O psicopata americano** – Bret Easton Ellis
970. **Ensaios de amor** – Alain de Botton
971. **O grande Gatsby** – F. Scott Fitzgerald
972. **Por que não sou cristão** – Bertrand Russell
973. **A Casa Torta** – Agatha Christie
974. **Encontro com a morte** – Agatha Christie
975(23). **Rimbaud** – Jean-Baptiste Baronian
976. **Cartas na rua** – Bukowski
977. **Memória** – Jonathan K. Foster
978. **A abadia de Northanger** – Jane Austen
979. **As pernas de Úrsula** – Claudia Tajes
980. **Retrato inacabado** – Agatha Christie
981. **Solanin (1)** – Inio Asano
982. **Solanin (2)** – Inio Asano
983. **Aventuras de menino** – Mitsuru Adachi
984(16). **Fatos & mitos sobre sua alimentação** – Dr. Fernando Lucchese
985. **Teoria quântica** – John Polkinghorne
986. **O eterno marido** – Fiódor Dostoiévski
987. **Um safado em Dublin** – J. P. Donleavy
988. **Mirinha** – Dalton Trevisan
989. **Akhenaton e Nefertiti** – Carmen Seganfredo e A. S. Franchini
990. **On the Road – o manuscrito original** – Jack Kerouac
991. **Relatividade** – Russell Stannard
992. **Abaixo de zero** – Bret Easton Ellis
993(24). **Andy Warhol** – Mériam Korichi
995. **Os últimos casos de Miss Marple** – Agatha Christie
996. **Nico Demo: Aí vem encrenca** – Mauricio de Sousa
998. **Rousseau** – Robert Wokler
999. **Noite sem fim** – Agatha Christie
1000. **Diários de Andy Warhol (1)** – Editado por Pat Hackett
1001. **Diários de Andy Warhol (2)** – Editado por Pat Hackett
1002. **Cartier-Bresson: o olhar do século** – Pierre Assouline
1003. **As melhores histórias da mitologia: vol. 1** – A.S. Franchini e Carmen Seganfredo
1004. **As melhores histórias da mitologia: vol. 2** – A.S. Franchini e Carmen Seganfredo
1005. **Assassinato no beco** – Agatha Christie
1006. **Convite para um homicídio** – Agatha Christie
1008. **História da vida** – Michael J. Benton
1009. **Jung** – Anthony Stevens
1010. **Arsène Lupin, ladrão de casaca** – Maurice Leblanc
1011. **Dublinenses** – James Joyce
1012. **120 tirinhas da Turma da Mônica** – Mauricio de Sousa
1013. **Antologia poética** – Fernando Pessoa
1014. **A aventura de um cliente ilustre** *seguido de* **O último adeus de Sherlock Holmes** – Sir Arthur Conan Doyle
1015. **Cenas de Nova York** – Jack Kerouac
1016. **A corista** – Anton Tchékhov
1017. **O diabo** – Leon Tolstói
1018. **Fábulas chinesas** – Sérgio Capparelli e Márcia Schmaltz
1019. **O gato do Brasil** – Sir Arthur Conan Doyle
1020. **Missa do Galo** – Machado de Assis
1021. **O mistério de Marie Rogêt** – Edgar Allan Poe
1022. **A mulher mais linda da cidade** – Bukowski
1023. **O retrato** – Nicolai Gogol
1024. **O conflito** – Agatha Christie
1025. **Os primeiros casos de Poirot** – Agatha Christie
1027(25). **Beethoven** – Bernard Fauconnier
1028. **Platão** – Julia Annas
1029. **Cleo e Daniel** – Roberto Freire
1030. **Til** – José de Alencar
1031. **Viagens na minha terra** – Almeida Garrett
1032. **Profissões para mulheres e outros artigos feministas** – Virginia Woolf
1033. **Mrs. Dalloway** – Virginia Woolf
1034. **O cão da morte** – Agatha Christie
1035. **Tragédia em três atos** – Agatha Christie
1037. **O fantasma da Ópera** – Gaston Leroux
1038. **Evolução** – Brian e Deborah Charlesworth
1039. **Medida por medida** – Shakespeare
1040. **Razão e sentimento** – Jane Austen
1041. **A obra-prima ignorada** *seguido de* **Um episódio durante o Terror** – Balzac

1042. **A fugitiva** – Anaïs Nin
1043. **As grandes histórias da mitologia greco-romana** – A. S. Franchini
1044. **O corno de si mesmo & outras historietas** – Marquês de Sade
1045. **Da felicidade** seguido de **Da vida retirada** – Sêneca
1046. **O horror em Red Hook e outras histórias** – H. P. Lovecraft
1047. **Noite em claro** – Martha Medeiros
1048. **Poemas clássicos chineses** – Li Bai, Du Fu e Wang Wei
1049. **A terceira moça** – Agatha Christie
1050. **Um destino ignorado** – Agatha Christie
1051. (26). **Buda** – Sophie Royer
1052. **Guerra Fria** – Robert J. McMahon
1053. **Simons's Cat: as aventuras de um gato travesso e comilão – vol. 1** – Simon Tofield
1054. **Simons's Cat: as aventuras de um gato travesso e comilão – vol. 2** – Simon Tofield
1055. **Só as mulheres e as baratas sobreviverão** – Claudia Tajes
1057. **Pré-história** – Chris Gosden
1058. **Pintou sujeira!** – Mauricio de Sousa
1059. **Contos de Mamãe Gansa** – Charles Perrault
1060. **A interpretação dos sonhos: vol. 1** – Freud
1061. **A interpretação dos sonhos: vol. 2** – Freud
1062. **Frufru Rataplã Dolores** – Dalton Trevisan
1063. **As melhores histórias da mitologia egípcia** – Carmem Seganfredo e A.S. Franchini
1064. **Infância. Adolescência. Juventude** – Tolstói
1065. **As consolações da filosofia** – Alain de Botton
1066. **Diários de Jack Kerouac – 1947-1954**
1067. **Revolução Francesa – vol. 1** – Max Gallo
1068. **Revolução Francesa – vol. 2** – Max Gallo
1069. **O detetive Parker Pyne** – Agatha Christie
1070. **Memórias do esquecimento** – Flávio Tavares
1071. **Drogas** – Leslie Iversen
1072. **Manual de ecologia (vol.2)** – J. Lutzenberger
1073. **Como andar no labirinto** – Affonso Romano de Sant'Anna
1074. **A orquídea e o serial killer** – Juremir Machado da Silva
1075. **Amor nos tempos de fúria** – Lawrence Ferlinghetti
1076. **A aventura do pudim de Natal** – Agatha Christie
1078. **Amores que matam** – Patricia Faur
1079. **Histórias de pescador** – Mauricio de Sousa
1080. **Pedaços de um caderno manchado de vinho** – Bukowski
1081. **A ferro e fogo: tempo de solidão (vol.1)** – Josué Guimarães
1082. **A ferro e fogo: tempo de guerra (vol.2)** – Josué Guimarães
1084. (17). **Desembarcando o Alzheimer** – Dr. Fernando Lucchese e Dra. Ana Hartmann
1085. **A maldição do espelho** – Agatha Christie
1086. **Uma breve história da filosofia** – Nigel Warburton
1088. **Heróis da História** – Will Durant
1089. **Concerto campestre** – L. A. de Assis Brasil
1090. **Morte nas nuvens** – Agatha Christie
1092. **Aventura em Bagdá** – Agatha Christie
1093. **O cavalo amarelo** – Agatha Christie
1094. **O método de interpretação dos sonhos** – Freud
1095. **Sonetos de amor e desamor** – Vários
1096. **120 tirinhas do Dilbert** – Scott Adams
1097. **200 fábulas de Esopo**
1098. **O curioso caso de Benjamin Button** – F. Scott Fitzgerald
1099. **Piadas para sempre: uma antologia para morrer de rir** – Visconde da Casa Verde
1100. **Hamlet (Mangá)** – Shakespeare
1101. **A arte da guerra (Mangá)** – Sun Tzu
1104. **As melhores histórias da Bíblia (vol.1)** – A. S. Franchini e Carmen Seganfredo
1105. **As melhores histórias da Bíblia (vol.2)** – A. S. Franchini e Carmen Seganfredo
1106. **Psicologia das massas e análise do eu** – Freud
1107. **Guerra Civil Espanhola** – Helen Graham
1108. **A autoestrada do sul e outras histórias** – Julio Cortázar
1109. **O mistério dos sete relógios** – Agatha Christie
1110. **Peanuts: Ninguém gosta de mim... (amor)** – Charles Schulz
1111. **Cadê o bolo?** – Mauricio de Sousa
1112. **O filósofo ignorante** – Voltaire
1113. **Totem e tabu** – Freud
1114. **Filosofia pré-socrática** – Catherine Osborne
1115. **Desejo de status** – Alain de Botton
1118. **Passageiro para Frankfurt** – Agatha Christie
1120. **Kill All Enemies** – Melvin Burgess
1121. **A morte da sra. McGinty** – Agatha Christie
1122. **Revolução Russa** – S. A. Smith
1123. **Até você, Capitu?** – Dalton Trevisan
1124. **O grande Gatsby (Mangá)** – F. S. Fitzgerald
1125. **Assim falou Zaratustra (Mangá)** – Nietzsche
1126. **Peanuts: É para isso que servem os amigos (amizade)** – Charles Schulz
1127. (27). **Nietzsche** – Dorian Astor
1128. **Bidu: Hora do banho** – Mauricio de Sousa
1129. **O melhor do Macanudo Taurino** – Santiago
1130. **Radicci 30 anos** – Iotti
1131. **Show de sabores** – J.A. Pinheiro Machado
1132. **O prazer das palavras – vol. 3** – Cláudio Moreno
1133. **Morte na praia** – Agatha Christie
1134. **O fardo** – Agatha Christie
1135. **Manifesto do Partido Comunista (Mangá)** – Marx & Engels
1136. **A metamorfose (Mangá)** – Franz Kafka
1137. **Por que você não se casou... ainda** – Tracy McMillan
1138. **Textos autobiográficos** – Bukowski
1139. **A importância de ser prudente** – Oscar Wilde
1140. **Sobre a vontade na natureza** – Arthur Schopenhauer
1141. **Dilbert (8)** – Scott Adams
1142. **Entre dois amores** – Agatha Christie
1143. **Cipreste triste** – Agatha Christie
1144. **Alguém viu uma assombração?** – Mauricio de Sousa

1145. **Mandela** – Elleke Boehmer
1146. **Retrato do artista quando jovem** – James Joyce
1147. **Zadig ou o destino** – Voltaire
1148. **O contrato social (Mangá)** – J.-J. Rousseau
1149. **Garfield fenomenal** – Jim Davis
1150. **A queda da América** – Allen Ginsberg
1151. **Música na noite & outros ensaios** – Aldous Huxley
1152. **Poesias inéditas & Poemas dramáticos** – Fernando Pessoa
1153. **Peanuts: Felicidade é...** – Charles M. Schulz
1154. **Mate-me por favor** – Legs McNeil e Gillian McCain
1155. **Assassinato no Expresso Oriente** – Agatha Christie
1156. **Um punhado de centeio** – Agatha Christie
1157. **A interpretação dos sonhos (Mangá)** – Freud
1158. **Peanuts: Você não entende o sentido da vida** – Charles M. Schulz
1159. **A dinastia Rothschild** – Herbert R. Lottman
1160. **A Mansão Hollow** – Agatha Christie
1161. **Nas montanhas da loucura** – H.P. Lovecraft
1162. (28).**Napoleão Bonaparte** – Pascale Fautrier
1163. **Um corpo na biblioteca** – Agatha Christie
1164. **Inovação** – Mark Dodgson e David Gann
1165. **O que toda mulher deve saber sobre os homens: a afetividade masculina** – Walter Riso
1166. **O amor está no ar** – Mauricio de Sousa
1167. **Testemunha de acusação & outras histórias** – Agatha Christie
1168. **Etiqueta de bolso** – Celia Ribeiro
1169. **Poesia reunida (volume 3)** – Affonso Romano de Sant'Anna
1170. **Emma** – Jane Austen
1171. **Que seja em segredo** – Ana Miranda
1172. **Garfield sem apetite** – Jim Davis
1173. **Garfield: Foi mal...** – Jim Davis
1174. **Os irmãos Karamázov (Mangá)** – Dostoiévski
1175. **O Pequeno Príncipe** – Antoine de Saint-Exupéry
1176. **Peanuts: Ninguém mais tem o espírito aventureiro** – Charles M. Schulz
1177. **Assim falou Zaratustra** – Nietzsche
1178. **Morte no Nilo** – Agatha Christie
1179. **Ê, soneca boa** – Mauricio de Sousa
1180. **Garfield a todo o vapor** – Jim Davis
1181. **Em busca do tempo perdido (Mangá)** – Proust
1182. **Cai o pano: o último caso de Poirot** – Agatha Christie
1183. **Livro para colorir e relaxar** – Livro 1
1184. **Para colorir sem parar**
1185. **Os elefantes não esquecem** – Agatha Christie
1186. **Teoria da relatividade** – Albert Einstein
1187. **Compêndio da psicanálise** – Freud
1188. **Visões de Gerard** – Jack Kerouac
1189. **Fim de verão** – Mohiro Kitoh
1190. **Procurando diversão** – Mauricio de Sousa
1191. **E não sobrou nenhum e outras peças** – Agatha Christie
1192. **Ansiedade** – Daniel Freeman & Jason Freeman
1193. **Garfield: pausa para o almoço** – Jim Davis
1194. **Contos do dia e da noite** – Guy de Maupassant
1195. **O melhor de Hagar 7** – Dik Browne
1196. (29).**Lou Andreas-Salomé** – Dorian Astor
1197. (30).**Pasolini** – René de Ceccatty
1198. **O caso do Hotel Bertram** – Agatha Christie
1199. **Crônicas de motel** – Sam Shepard
1200. **Pequena filosofia da paz interior** – Catherine Rambert
1201. **Os sertões** – Euclides da Cunha
1202. **Treze à mesa** – Agatha Christie
1203. **Bíblia** – John Riches
1204. **Anjos** – David Albert Jones
1205. **As tirinhas do Guri de Uruguaiana 1** – Jair Kobe
1206. **Entre aspas (vol.1)** – Fernando Eichenberg
1207. **Escrita** – Andrew Robinson
1208. **O spleen de Paris: pequenos poemas em prosa** – Charles Baudelaire
1209. **Satíricon** – Petrônio
1210. **O avarento** – Molière
1211. **Queimando na água, afogando-se na chama** – Bukowski
1212. **Miscelânea septuagenária: contos e poemas** – Bukowski
1213. **Que filosofar é aprender a morrer e outros ensaios** – Montaigne
1214. **Da amizade e outros ensaios** – Montaigne
1215. **O medo à espreita e outras histórias** – H.P. Lovecraft
1216. **A obra de arte na era de sua reprodutibilidade técnica** – Walter Benjamin
1217. **Sobre a liberdade** – John Stuart Mill
1218. **O segredo de Chimneys** – Agatha Christie
1219. **Morte na rua Hickory** – Agatha Christie
1220. **Ulisses (Mangá)** – James Joyce
1221. **Ateísmo** – Julian Baggini
1222. **Os melhores contos de Katherine Mansfield** – Katherine Mansfied
1223. (31).**Martin Luther King** – Alain Foix
1224. **Millôr Definitivo: uma antologia de *A Bíblia do Caos*** – Millôr Fernandes
1225. **O Clube das Terças-Feiras e outras histórias** – Agatha Christie
1226. **Por que sou tão sábio** – Nietzsche
1227. **Sobre a mentira** – Platão
1228. **Sobre a leitura *seguido do* Depoimento de Céleste Albaret** – Proust
1229. **O homem do terno marrom** – Agatha Christie
1230. (32).**Jimi Hendrix** – Franck Médioni
1231. **Amor e amizade e outras histórias** – Jane Austen
1232. **Lady Susan, Os Watson e Sanditon** – Jane Austen
1233. **Uma breve história da ciência** – William Bynum
1234. **Macunaíma: o herói sem nenhum caráter** – Mário de Andrade
1235. **A máquina do tempo** – H.G. Wells

1236. **O homem invisível** – H.G. Wells
1237. **Os 36 estratagemas: manual secreto da arte da guerra** – Anônimo
1238. **A mina de ouro e outras histórias** – Agatha Christie
1239. **Pic** – Jack Kerouac
1240. **O habitante da escuridão e outros contos** – H.P. Lovecraft
1241. **O chamado de Cthulhu e outros contos** – H.P. Lovecraft
1242. **O melhor de Meu reino por um cavalo!** – Edição de Ivan Pinheiro Machado
1243. **A guerra dos mundos** – H.G. Wells
1244. **O caso da criada perfeita e outras histórias** – Agatha Christie
1245. **Morte por afogamento e outras histórias** – Agatha Christie
1246. **Assassinato no Comitê Central** – Manuel Vázquez Montalbán
1247. **O papai é pop** – Marcos Piangers
1248. **O papai é pop 2** – Marcos Piangers
1249. **A mamãe é rock** – Ana Cardoso
1250. **Paris boêmia** – Dan Franck
1251. **Paris libertária** – Dan Franck
1252. **Paris ocupada** – Dan Franck
1253. **Uma anedota infame** – Dostoiévski
1254. **O último dia de um condenado** – Victor Hugo
1255. **Nem só de caviar vive o homem** – J.M. Simmel
1256. **Amanhã é outro dia** – J.M. Simmel
1257. **Mulherzinhas** – Louisa May Alcott
1258. **Reforma Protestante** – Peter Marshall
1259. **História econômica global** – Robert C. Allen
1260.(33). **Che Guevara** – Alain Foix
1261. **Câncer** – Nicholas James
1262. **Akhenaton** – Agatha Christie
1263. **Aforismos para a sabedoria de vida** – Arthur Schopenhauer
1264. **Uma história do mundo** – David Coimbra
1265. **Ame e não sofra** – Walter Riso
1266. **Desapegue-se!** – Walter Riso
1267. **Os Sousa: Uma famíla do barulho** – Mauricio de Sousa
1268. **Nico Demo: O rei da travessura** – Mauricio de Sousa
1269. **Testemunha de acusação e outras peças** – Agatha Christie
1270.(34). **Dostoiévski** – Virgil Tanase
1271. **O melhor de Hagar 8** – Dik Browne
1272. **O melhor de Hagar 9** – Dik Browne
1273. **O melhor de Hagar 10** – Dik e Chris Browne
1274. **Considerações sobre o governo representativo** – John Stuart Mill
1275. **O homem Moisés e a religião monoteísta** – Freud
1276. **Inibição, sintoma e medo** – Freud
1277. **Além do princípio de prazer** – Freud
1278. **O direito de dizer não!** – Walter Riso
1279. **A arte de ser flexível** – Walter Riso
1280. **Casados e descasados** – August Strindberg
1281. **Da Terra à Lua** – Júlio Verne
1282. **Minhas galerias e meus pintores** – Kahnweiler
1283. **A arte do romance** – Virginia Woolf
1284. **Teatro completo v. 1: As aves da noite** *seguido de* **O visitante** – Hilda Hilst
1285. **Teatro completo v. 2: O verdugo** *seguido de* **A morte do patriarca** – Hilda Hilst
1286. **Teatro completo v. 3: O rato no muro** *seguido de* **Auto da barca de Camiri** – Hilda Hilst
1287. **Teatro completo v. 4: A empresa** *seguido de* **O novo sistema** – Hilda Hilst
1288. **Sapiens: Uma breve história da humanidade** – Yuval Noah Harari
1289. **Fora de mim** – Martha Medeiros
1290. **Divã** – Martha Medeiros
1291. **Sobre a genealogia da moral: um escrito polêmico** – Nietzsche
1292. **A consciência de Zeno** – Italo Svevo
1293. **Células-tronco** – Jonathan Slack
1294. **O fim do ciúme e outros contos** – Proust
1295. **A jangada** – Júlio Verne
1296. **A ilha do dr. Moreau** – H.G. Wells
1297. **Ninho de fidalgos** – Ivan Turguêniev
1298. **Jane Eyre** – Charlotte Brontë
1299. **Sobre gatos** – Bukowski
1300. **Sobre o amor** – Bukowski
1301. **Escrever para não enlouquecer** – Bukowski
1302. **222 receitas** – J. A. Pinheiro Machado
1303. **Reinações de Narizinho** – Monteiro Lobato
1304. **O Saci** – Monteiro Lobato
1305. **Memórias da Emília** – Monteiro Lobato
1306. **O Picapau Amarelo** – Monteiro Lobato
1307. **A reforma da Natureza** – Monteiro Lobato
1308. **Fábulas** *seguido de* **Histórias diversas** – Monteiro Lobato
1309. **Aventuras de Hans Staden** – Monteiro Lobato
1310. **Peter Pan** – Monteiro Lobato
1311. **Dom Quixote das crianças** – Monteiro Lobato
1312. **O Minotauro** – Monteiro Lobato
1313. **Um quarto só seu** – Virginia Woolf
1314. **Sonetos** – Shakespeare
1315.(35). **Thoreau** – Marie Berthoumieu e Laura El Makki
1316. **Teoria da arte** – Cynthia Freeland
1317. **A arte da prudência** – Baltasar Gracián
1318. **O louco** *seguido de* **Areia e espuma** – Khalil Gibran
1319. **O profeta** *seguido de* **O jardim do profeta** – Khalil Gibran
1320. **Jesus, o Filho do Homem** – Khalil Gibran
1321. **A luta** – Norman Mailer
1322. **Sobre o sofrimento do mundo e outros ensaios** – Schopenhauer
1323. **Epidemiologia** – Rodolfo Saracci
1324. **Japão moderno** – Christopher Goto-Jones
1325. **A arte da meditação** – Matthieu Ricard
1326. **O adversário secreto** – Agatha Christie
1327. **Pollyanna** – Eleanor H. Porter

lepmeditores
www.lpm.com.br
o site que conta tudo

IMPRESSÃO:

PALLOTTI
GRÁFICA

Santa Maria - RS | Fone: (55) 3220.4500
www.graficapallotti.com.br